PULP

Livros do autor publicados pela **L&PM** EDITORES:

Ao sul de lugar nenhum: histórias da vida subterrânea
O amor é um cão dos diabos
Bukowski: 3 em 1 (Mulheres; O capitão saiu para o almoço e os marinheiros tomaram conta do navio; Cartas na rua)
O capitão saiu para o almoço e os marinheiros tomaram conta do navio (c/ ilustrações de Robert Crumb)
Cartas na rua
Crônica de um amor louco
Delírios cotidianos (c/ ilustrações de Matthias Schultheiss)
Escrever para não enlouquecer
Fabulário geral do delírio cotidiano
Factótum
Hollywood
Miscelânea septuagenária: contos e poemas
Misto-quente
A mulher mais linda da cidade e outras histórias
Mulheres
Notas de um velho safado
Numa fria
Pedaços de um caderno manchado de vinho
As pessoas parecem flores finalmente
Pulp
Queimando na água, afogando-se na chama
Sobre bêbados e bebidas
Sobre gatos
Sobre o amor
Tempestade para os vivos e para os mortos
Textos autobiográficos (Editado por John Martin)
Você fica tão sozinho às vezes que até faz sentido

BUKOWSKI

PULP

Tradução de Marcos Santarrita

L&PM
EDITORES

Texto de acordo com a nova ortografia.

Título original: *Pulp*

AGRADECIMENTO
O autor gostaria de agradecer aos editores dos periódicos onde alguns destes capítulos foram publicados pela primeira vez.

Primeira edição: 1995
Esta reimpressão: outono de 2021

Também disponível na Coleção **L&PM** POCKET (2009)

Tradução: Marcos Santarrita
Capa: Ivan Pinheiro Machado
Revisão: Patrícia Rocha e Fernanda Lisbôa

Cip-BRASIL. Catalogação na publicação
Sindicato Nacional dos Editores de Livros, RJ

B949p

Bukowski, Charles, 1920-1994
Pulp / Charles Bukowski ; tradução Marcos Santarrita. – Porto Alegre [RS]: L&PM, 2021.
176 p. ; 21 cm.

Tradução de: *Pulp*
ISBN 978-65-5666-150-6

1. Romance americano. I. Santarrita, Marcos. II. Título.

21-70025 CDD: 813
CDU: 82-31(73)

Leandra Felix da Cruz Candido - Bibliotecária - CRB-7/6135

Rua Comendador Coruja, 314, loja 9 – Floresta – 90.220-180
Porto Alegre – RS – Brasil / Fone: 51.3225.5777

Pedidos & Depto. Comercial: vendas@lpm.com.br
Fale conosco: info@lpm.com.br
www.lpm.com.br

Impresso no Brasil
Outono de 2021

Dedicado à subliteratura

1

Eu estava em meu escritório, o contrato de locação expirara e McKelvey ia entrar com um processo de despejo. Fazia um calor dos diabos e o ar-condicionado pifara. Uma mosca rastejava sobre o tampo de minha mesa. Tasquei-lhe uma mãozada e a mandei pra fora de campo. Esfregava a mão na perna direita da calça quando o telefone tocou.

Atendi.

– Ah, sim – disse.

– Você lê Celine? – perguntou uma voz de mulher. Parecia bastante sexy. Eu andava solitário há algum tempo. Décadas.

– Celine – disse. – Huuumm...

– Preciso de Celine – ela disse. – Tenho de conseguir.

Uma voz tão sexy que me excitava, de fato.

– Celine? – eu disse. – Me dê mais alguma informação. Converse comigo, dona. Continue falando...

– Feche o zíper – ela disse.

Baixei o olhar.

– Como sabia?

– Deixa pra lá. Quero Celine.

– Celine está morto.

– Não está, não. Quero que você encontre ele. Preciso dele.

– Posso encontrar os ossos dele.

– Não, seu idiota, ele está vivo!

– Onde?

– Em Hollywood. Eu soube que ele frequenta a livraria de Red Koldowsky.

– Então por que não procura ele *você?*

– Porque primeiro quero saber se é o Celine *verdadeiro.* Preciso ter certeza, toda a certeza.

– Mas por que me procurou? Tem centenas de detetives nesta cidade.

– Foi John Barton que recomendou você.

– Ah, Barton, sim. Bem, escuta. Eu preciso de algum adiantado. E preciso ver você pessoalmente.

– Estou aí em poucos minutos – ela disse.

Desligou. Fechei o zíper.

E esperei.

2

Ela entrou.

Quer dizer, não foi limpo. O vestido era tão justo que quase estourava as costuras. Muito malte achocolatado. E ela andava em cima de saltos tão altos que pareciam perninhas de pau. Andava feito um aleijado bêbado, cambaleando pela sala. Um glorioso barato de carne.

– Sente-se, dona – eu disse.

Ela sentou-se e cruzou bem alto as pernas, quase me fez saltar os olhos fora.

– É um prazer ver a senhora, dona – eu disse.

– Pare de ficar me comendo com os olhos. Nada que não tenha visto antes.

– Nisso aí está errada, dona. Posso saber o seu nome?

– Dona Morte.

– Dona Morte? É do circo? Do cinema?

– Não.

– Lugar de nascimento?

– Não importa.

– Ano de nascimento?

– Não banque o engraçadinho.

– Só estou tentando conseguir algum histórico...

De algum modo, me perdi, os olhos grudados nas pernas dela. Sempre fui de perna. Foi a primeira coisa que vi quando nasci. Mas então eu tentava sair. A partir daí, tenho me virado no sentido contrário, e com um azar dos diabos.

Ela estalou os dedos.

– Ei, sai dessa!

– Hum? – Ergui os olhos.

– O caso do Celine. Lembra?

– Ééé, claro.

Abri um clip de papel, apontei para ela.

– Preciso de um cheque por serviços prestados.

– Claro – ela sorriu. – Quanto cobra?

– Seis dólares a hora.

Ela pegou o talão, escreveu, arrancou o cheque e jogou-o para mim. Pousou em minha mesa. Eu peguei. Duzentos e quarenta dólares. Eu não via uma grana dessa desde que tinha ganhado na loteria em Hollywood Park em 1988.

– Obrigado, Dona...

– Morte – ela disse.

– É – eu disse. – Agora me informe um pouco sobre esse tal Celine. Falou alguma coisa sobre uma livraria?

– Bem, ele anda pela livraria do Red, folheando... perguntando por Faulkner, Carson McCullers, Charles Manson...

– Anda na livraria, hein? Huuummm...

– É – ela disse. – Você conhece Red. Gosta de pôr as pessoas pra fora da livraria. A gente pode gastar mil paus lá, depois ficar um ou dois minutos, e Red diz: "Por que não dá o fora daqui?". Red é um cara legal, só meio excêntrico. De qualquer modo, vive tocando Celine pra fora, e Celine vai pro Musso's e fica lá no balcão com um ar triste. Um ou dois dias depois está de volta e recomeça tudo outra vez.

– Celine está morto. Celine e Hemingway morreram com um dia de diferença. Há 32 anos.

– Eu sei de Hemingway. Eu tenho Hemingway.

– Tem certeza que era Hemingway?

– Ah, sim.

– Então por que não pode ter certeza que esse Celine é o Celine?

– Não sei. Tenho uma espécie de bloqueio com essa coisa. Jamais me aconteceu antes. Talvez eu tenha estado no jogo tempo demais. Por isso procurei você. Barton diz que você é bom.

– E acha que o verdadeiro Celine está vivo? Quer ele?

– Muitão, cara.

– Belane. Nick Belane.

– Tudo bem, Belane. Quero ter *certeza*. Tem de ser o *verdadeiro* Celine, não nenhum desses aspirantes babacas. Tem muitos desses por aí.

– E eu não sei?

– Bem, manda brasa. Eu quero o maior escritor da França. Esperei muito tempo.

Levantou-se e saiu. Eu nunca vi um rabo daquele em minha vida. Além da imaginação. Além de tudo. Não me enche agora. Preciso pensar nele.

3

Foi no dia seguinte.

Eu tinha desmarcado um compromisso para falar na Câmara de Comércio de Palm Springs.

Chovia. Goteiras no teto. A chuva atravessava o teto e pingava "pá, pá, pá, apá, apá, apá, pá, pá, pá, apá, apá, apá, pá, pá, pá, apá, apá, apá...".

O saquê me aquecia. Mas aquecia o quê? Um morno zero. Ali estava eu, com 55 anos, e sem uma panela para aparar a chuva. Meu pai me avisara que eu ia acabar definhando na varanda dos fundos de algum estranho no Arkansas. E eu ainda tinha tempo pra chegar lá. Os ônibus viajavam todos os dias. Mas me deixavam com prisão de ventre, e sempre havia algum velho de barba fedorenta roncando. Talvez fosse melhor trabalhar no caso de Celine.

Seria Celine mesmo ou outra pessoa? Às vezes eu achava que não sabia nem quem *eu* era. Tudo bem, sou Nick Belane. Mas dá uma checada nisso. Alguém podia berrar: "Ei, Harry! Harry Martel!", e o mais provável é que eu respondesse: "É, que foi?". Quero dizer que podia ser qualquer um, que importância tem? Que é que tem num nome?

A vida é estranha, não é? Sempre me escolhiam por último no time de beisebol, porque sabiam que eu podia empurrar aquele filho da puta a vida toda, até Denver. Uns babacas invejosos, isso é o que eles eram!

Eu tinha talento, tenho talento. Às vezes olhava minhas mãos e compreendia que podia ter sido um grande pianista. Mas o que tinham feito minhas mãos? Coçado o saco, preenchido cheques, amarrado cadarços, puxado descargas de banheiro etc. Desperdicei minhas mãos. E minha mente.

Sentado, na chuva.

O telefone tocou. Enxuguei-o com uma conta vencida do Imposto de Renda, atendi.

– Nick Belane – disse. Ou seria Harry Martel?

– Aqui é John Barton – disse a voz.

– É, você andou me recomendando, obrigado.

– Estou de olho em você. Tem talento. Meio cru, mas isso faz parte do charme.

– É ótimo ouvir isso. Os negócios andam meio por baixo.

– Estou de olho em você. Vai vencer, só tem de ficar na sua.

– Ééé. Escuta, que posso fazer por você, sr. Barton?

– Estou tentando encontrar o Pardal Vermelho.

– O Pardal Vermelho? Que diabo é isso?

– Tenho certeza de que existe, só preciso encontrar, quero que encontre pra mim.

– Alguma dica pra eu começar?

– Não, mas tenho certeza de que o Pardal Vermelho existe por aí em alguma parte.

– Esse Pardal não tem um nome, tem?

– Que quer dizer?

– Quer dizer um nome. Tipo Henry. Ou Abner. Ou Celine?

– Não, só Pardal Vermelho, e eu sei que você pode encontrar ele pra mim. Confio em você.

– Isso vai lhe custar alguma coisa, sr. Barton.

– Se encontrar o Pardal Vermelho, eu lhe dou cem dólares por mês até o fim da sua vida.

– Huummm... Escuta, que tal me dar tudo numa bolada só?

– Não, Nick, você ia torrar tudo nos cavalinhos.

– Tudo bem, sr. Barton, deixe o número de seu telefone, que eu me viro.

Barton me deu o número, depois disse:

– Eu confio mesmo em você, Belane.

E desligou.

Bem, os negócios estavam esquentando. Mas o teto pingava pior do que nunca. Sacudi algumas gotas de chuva, tomei um gole de saquê, enrolei um cigarro, acendi, traguei e tive um acesso de tosse de cachorro. Pus meu derby marrom, liguei a secretária eletrônica, me dirigi lentamente para a porta, abri-a, e lá estava McKelvey. Tinha um peito enorme e parecia usar ombreiras.

– Seu contrato expirou, seu merda! – cuspiu. – Quero que se mande daqui!

Aí eu notei a barriga. Parecia um monte mole de merda velha, e enterrei-lhe o punho. Ele baixou o rosto para o joelho que eu erguia. Caiu e rolou para um lado. Uma visão pavorosa. Eu me aproximei, peguei a carteira dele. Fotos de crianças em poses pornográficas.

Pensei em matá-lo. Mas só peguei o cartão Gold Visa, dei-lhe um chute no rabo e desci o elevador.

Decidi andar até a livraria de Red. Parecia que, quando ia de carro, sempre arranjava uma multa, e os estacionamentos cobravam mais do que eu podia pagar.

Andei até a livraria me sentindo meio deprimido. O homem nascia para morrer. O que significava isso? Ficar por aí esperando. Esperando o "Trem A". Esperando um par de peitões numa noite de agosto num quarto de hotel de Las Vegas. Esperando o rato cantar. Esperando a cobra criar asas. Por aí.

Red estava na livraria.

– Está com sorte – ele disse. – Por pouco não encontra o bebum Chinaski. Estava aqui se gabando de uma nova balança de postagem Pelouze.

– Esquece – eu disse. – Tem um exemplar autografado de *Enquanto agonizo*, de Faulkner?

– Claro.

– Quanto custa?

– Dois mil e oitocentos dólares.

– Vou pensar...

– Desculpe... – disse Red.

E voltou-se para um sujeito que folheava *You Can't Go Home Again.*

– Faça o favor de pôr esse livro na estante e dê o fora daqui!

Era um carinha de aparência delicada, todo encurvado. Vestia o que parecia ser um terno de borracha amarela.

Ele devolveu o livro à estante e saiu para a rua, passando por nós, os olhos nublados de umidade. E parara de chover. O traje de borracha amarela era inútil.

Red olhou para mim.

– Você acredita que alguns deles entram aqui com casquinhas de sorvete?

– Acredito em coisas piores.

Aí notei que havia mais alguém na livraria. Estava parado perto dos fundos. Julguei reconhecê-lo de fotos. Celine. Celine?

Dirigi-me devagar para ele. Cheguei bem perto mesmo. Tão perto que podia ver o que ele lia. *A montanha mágica,* de Thomas Mann.

Ele me viu.

– Essa cara tem um problema – disse, erguendo o livro.

– Qual é? – perguntei.

– Acha o tédio uma arte.

Devolveu o livro à estante e ficou ali, simplesmente parecendo Celine.

– É espantoso – eu disse.

– O quê? – ele perguntou.

– Eu achava que você tinha morrido – eu disse.

Ele me olhava.

– Eu também achava que você tinha morrido.

E ficamos apenas olhando um para o outro.

Aí ouvi Red.

– EI, VOCÊ! – berrou. – TE MANDA DAQUI!

Só havia nós dois ali.

– Qual dos dois deve se mandar? – perguntei.

– ESSE AÍ QUE PARECE CELINE! TE MANDA DAQUI!

– Mas por quê? – perguntei.

– EU SEI QUANDO NÃO VÃO COMPRAR!

Celine, ou quem quer que fosse, foi saindo. Eu o segui.

Ele foi andando até o bulevar e parou numa banca de revistas.

Essa banca estava ali desde quando eu podia me lembrar. Lembrava-me de que estivera ali duas ou três décadas atrás com três prostitutas. Levei todas elas para meu apartamento, e uma delas masturbara meu cachorro. Elas achavam isso engraçado. Estavam bêbadas e drogadas. Aí uma foi ao banheiro, onde caiu e bateu com a cabeça na borda da privada e sujou tudo de sangue. Eu não parava de limpar a sujeira com grandes toalhas molhadas. Levei-a para a cama e fiquei acordado com as outras, e elas acabaram indo embora. A que estava na cama ficou quatro dias e noites tomando toda a minha bebida e falando de seus dois filhos na zona oeste de Kansas City.

O cara – era Celine? – parado na banca lia uma revista. Quando cheguei mais perto, vi que era *The New Yorker*. Ele devolveu-a ao estande e olhou para mim.

– Só tem um problema aí – disse.

– Qual?

– Simplesmente não sabem escrever. Nenhum deles.

Nesse momento, passou um táxi vazio.

– EI, TÁXI! – gritou Celine.

O táxi diminuiu a marcha e ele saltou, a porta de trás abriu e ele entrou.

– EI! – gritei-lhe. – QUERO LHE PERGUNTAR UMA COISA!

O táxi ganhava velocidade rumo ao Hollywood Boulevard. Celine se curvou para fora, esticou o braço, ergueu o dedo médio para mim. E sumiu.

Era o primeiro táxi que eu via por aqueles lados em décadas. Quer dizer, vazio, apenas passando.

Bem, a chuva parara, mas a dor continuava. Havia também um frio no ar e tudo cheirava a peidos úmidos.

Eu me curvei e fui para o Musso's.

Tinha o cartão Gold Visa. Estava vivo. Talvez. Começava até a me sentir como Nick Belane. Cantarolei um trechinho de Eric Coates.

O inferno era o que a gente fazia dele.

4

Procurei Celine no Webster. 1891-1961. Estávamos em 1993. Supondo-se que estivesse vivo, isso lhe dava 102 anos de idade. Não admirava que a Dona Morte estivesse atrás dele.

E o cara na livraria parecia estar entre os quarenta e cinquenta. Logo, era isso aí. Não era Celine. Ou talvez tivesse descoberto um método de vencer o processo de envelhecimento. Era só ver os astros de cinema; tiravam a pele do rabo e grudavam na cara. A pele do rabo era a última a enrugar-se. Andavam todos, nos últimos anos de vida, com caras de bunda. Celine faria isso? Quem quereria viver até os 102 anos? Só um idiota. Por que Celine desejaria ficar? Toda aquela coisa era maluca. Dona Morte era maluca. Eu era maluco. Os pilotos das companhias aéreas eram malucos. Nunca se deve olhar para o piloto. Só embarcar e pedir bebida.

Eu observava duas moscas trepando e decidi ligar para Dona Morte.

– Alô – ouvi a voz dela.

– Hummm – fiz.

– Como? Ah, é você, Belane. Adiantou alguma coisa no caso?

– Celine está morto, nasceu em 1891.

– Eu sei as datas dele, Belane. Escuta, sei que ele está vivo... em algum lugar... e o cara da livraria pode ser ele. Está chegando perto ou alguma coisa assim? Eu quero esse cara. Quero muitíssimo.

– Huummm – eu fiz.

– Cala a boca!

– Hum?

– Seu idiota, eu disse: "Cala a boca!".

– Hum... tudo bem...

– Quero uma prova concreta se esse cara *é* ou *não é*! Já lhe disse que estou com um bloqueio doido nesse assunto. Barton recomendou você, disse que era um dos melhores.

– Ah, sim, também estou trabalhando pra Barton no momento, pra falar a verdade. Tentando localizar um Pardal Vermelho. Que acha disso?

– Escuta aqui, Belane, resolva esse caso do Celine e eu lhe *digo* onde está o Pardal Vermelho.

– Oh, diz, Dona? Ah, eu faria qualquer coisa por você!

– Tipo o que, Belane?

– Bem, mataria minha baratinha de estimação por você, daria uma surra de cinturão em minha mãe se ela estivesse aqui, eu...

– Fecha essa matraca! Estou começando a pensar que Barton me indicou um vagabundo! Bem, é melhor se mexer! Ou resolve esse caso do Celine ou eu parto pra cima de *você*!

– Epa, espera um minuto aí, Dona!

O telefone emudeceu em minha mão. Coloquei-o de volta no gancho. Uau. Ela não tinha bloqueio nenhum pra me deixar com tesão.

Tinha trabalho a fazer.

Olhei em volta, procurando uma mosca para matar.

Aí a porta se abriu e lá estava McKelvey e um montão de esterco subnormal. Ele me olhou, depois fez um sinal para a *coisa*.

– Esse aí é o Tommy.

Tommy me olhava com minúsculos olhos baços.

– É um prazê conhecê tu – disse.

McKelvey deu um sorriso horrível.

– Bem, Belane, Tommy está aqui pra uma única coisa, e essa coisa é reduzir você bem devagarinho a um cocô de galinha sangrento. Certo, Tommy?

– Uh-uh – fez Tommy.

Parecia pesar uns 170 quilos. Bem, se raspasse o pelo, talvez uns 130.

Dei-lhe um sorriso bondoso.

– Agora escuta, Tommy, você não me conhece, conhece?

– Uh-uh.

– Então por que iria querer me machucar?

– Porque o sr. McKelvey mandou.

– Tommy, se o sr. McKelvey mandasse você beber seu xixi, você bebia?

– Epa! – disse McKelvey. – Para de confundir meu rapaz.

– Tommy, você ia comer o cocô de sua mãe só porque o sr. McKelvey mandou você comer o cocô de sua mãe?

– Hum?

– Cala a boca, Belane. Sou eu quem fala aqui!

Voltou-se para Tommy.

– Agora eu quero que você rasgue esse cara como um jornal velho, faça ele em tiras e jogue pela porra da janela, sacou?

– Saquei, sr. McKelvey.

– Bom, então o que está esperando, a última rosa do verão?

Tommy se adiantou para mim. Saquei a Lugger da gaveta e apontei-a para a grossa imensidão dele.

– Guenta aí, Thomas, senão vai esguichar sangue mais vermelho do que as camisas do time de futebol de Stanford.

– Ei – disse McKelvey –, onde arranjou essa porra?

– Um detetive sem um ferro é como um garanhão de camisinha. Ou como um relógio sem ponteiro.

– Belane – disse McKelvey –, está falando besteira.

– Já me disseram. Agora mande seu moleque recuar, senão eu meto tanto furo nele que vai dar pra enfiar uma laranja de um lado e tirar do outro!

– Tommy – disse McKelvey –, volte aqui e fique na minha frente.

Ficaram os dois ali parados assim. Eu tinha de imaginar o que fazer com eles. Não era fácil. Eu jamais ganhara uma bolsa de estudos para Oxford. Dormira nas aulas de biologia e era fraco em matemática. Mas conseguira ficar vivo até então.

Talvez.

De qualquer modo, tinha momentaneamente uma espécie de ás numa espécie de jogo. Tinha de fazer uma jogada. Era agora ou nunca. Dali a pouco seria setembro. Os corvos se concentravam. O sol sangrava.

– Tudo bem, Tommy – eu disse –, fica de quatro aí! Já!

Ele me olhou como se não tivesse ouvido muito bem.

Dei-lhe um sorriso pálido e corri a trava de segurança da pistola.

Tommy era burro, mas não totalmente.

Caiu de quatro, abalando todo o sexto andar como um terremoto de 5,9. Meu Dalí falso despencou no chão. Aquele com o relógio derretido.

Tommy ficou ali parecendo o Grand Canyon, me olhando.

– Agora, Tommy – eu disse –, você vai ser o elefante e McKelvey, o condutor do elefante, sacou?

– Hum? – perguntou Tommy.

Olhei para McKelvey.

– Vamos! Vamos! Monta aí!

– Belane, você ficou maluco?

– Quem sabe? A insanidade é relativa. Quem estabelece a norma?

– Não sei – disse McKelvey.

– Simplesmente sobe aí!

– Tudo bem, tudo bem! Mas eu nunca tive um problema desses quando um contrato de aluguel acabou.

– Sobe, *seu babaca!*

McKelvey montou nas costas de Tommy. Teve um sério problema para passar as pernas pelos flancos. Quase lascou o rabo.

– Bom – eu disse. – Agora, Tommy, você é o elefante e vai carregar o McKelvey nas costas, pelo corredor e no elevador. Comece já!

Tommy pôs-se a rastejar pelo chão do escritório.

– Belane – disse McKelvey –, eu vou pegar você por isso. Juro pelos pentelhos de minha mãe!

– Te mete comigo de novo, McKelvey, e eu enfio teu pau por uma lixeira abaixo.

Abri a porta e Tommy saiu rastejando com o condutor do elefante.

Ele desceu o corredor rastejando, e quando guardei a pistola no paletó senti alguma coisa ali, um pedaço de papel amassado. Peguei. Era o papel de exame da prova escrita para renovação da carteira de motorista. Cheia de sinais vermelhos. Eu havia sido reprovado.

Joguei o papel por cima dos ombros e segui meus amigos.

Chegamos ao elevador e apertei o botão.

Fiquei ali parado cantarolando um trecho de *Carmen*.

E aí, sem mais aquela, me lembrei de ter lido há muito tempo que haviam encontrado Jimmy Foxx morto num quarto de um pardieiro. Todas aquelas jogadas. Morto com as baratas.

O elevador chegou. A porta abriu-se e dei um chute no rabo de Tommy. Ele se arrastou para dentro levando McKelvey. Havia três pessoas, de pé, lendo seus jornais.

Continuaram lendo. O elevador desceu.

Peguei a escada. Estava com catorze quilos a mais. Precisava do exercício.

Contei 176 degraus, e estava no primeiro andar. Parei no quiosque de cigarros, comprei um charuto e o *Programa do Turfe*. Ouvi o elevador chegando.

Do lado de fora, atravessei decidido a poluição. Tinha os olhos azuis, os sapatos velhos e ninguém me amava. Mas tinha coisas a fazer.

Eu era Nick Belane, detetive particular.

5

Infelizmente, acabei no hipódromo naquela tarde e, à noite, tomei um porre. Mas o tempo não foi perdido, eu cogitava, peneirando os fatos. Eu estava por cima. A qualquer momento, resolveria tudo.

6

No dia seguinte, resolvi correr o risco e voltei ao escritório. Afinal, o que é um detetive sem um escritório?

Abri a porta, e quem estava lá sentado atrás da mesa? Não era Celine. Nem o Pardal Vermelho. McKelvey. Ele me deu um sorriso carinhoso, falso.

– Bom dia, Belane, como vão indo eles?

– Por que pergunta? Quer dar uma conferida?

Ele coçou os seus e bocejou.

– Bem, meu garoto Nick, seu contrato foi pago por mais um ano por um benfeitor misterioso.

Dona Morte, me disse uma voz dentro da cabeça, está brincando com você.

– Alguém que eu conheça?

– Jurei pela honra de minha mãe não falar.

– A honra de sua mãe? Ela pegou mais peru que o açougueiro da esquina.

McKelvey se levantou por trás da mesa.

– Devagar – eu disse –, senão eu acabo com você.

– Não gosto que você mexa com minha mãe.

– Por que não? Metade dos caras da cidade mexeu.

McKelvey contornou a mesa em minha direção.

– Chegue mais perto – eu disse – que eu faço sua cabeça respirar pelo rabo.

Ele parou. Eu tinha um ar terrível quando ficava puto.

– Tudo bem – eu disse –, me conta. Essa benfeitora... era uma mulher, não era?

– Ééé. Ééé. Nunca vi uma gostosa daquelas.

Tinha os olhos vidrados, mas eram sempre assim.

– Vamos lá, Mac, me conta mais...

– Não posso. Eu prometi. A honra de minha mãe.

– Ah, meu Deus – suspirei. – Tá bem, te manda daqui, meu contrato está pago.

McKelvey se dirigiu para a porta fazendo cera. Depois me olhou por cima do ombro esquerdo.

– Tudo bem – disse –, mas mantenha o lugar limpo e em ordem. Nada de festinhas, jogo de dados, jogo nenhum. Tem um ano.

Foi até a porta, abriu-a, fechou-a e desapareceu.

7

Bem, eu estava de volta a meu escritório.

Hora de trabalhar. Peguei o telefone e disquei para o *bookmaker.*

– Pizza pra Viagem do Tony – ele respondeu – às suas ordens.

Dei-lhe meu codinome.

– Aqui é o sr. Morte Lenta.

– Belane – ele disse –, você está me devendo 475 dólares, não posso aceitar sua aposta. Primeiro é preciso limpar a lousa.

– Eu tenho uma aposta de 25 paus, isso completa 500. Se eu perder, pago tudo, pela honra de minha mãe.

– Belane, sua mãe me deve 230 dólares.

– Éé́? E a sua tem verrugas na bunda!

– Como? Escuta aqui, Belane, você andou...?

– Não, não. Foi outro cara. Ele me contou.

– Tudo bem, então.

– Tudo bem, quero 25 na cabeça em *Burnt Butterfly* no sexto.

– Tudo bem, está coberto. E boa sorte. A sua parece estar acabando.

Desliguei. Filho da puta, a gente nascia para lutar por cada centímetro do terreno. Nascido para lutar, nascido para morrer.

Pensei nisso. E tornei a pensar.

Depois me recostei em minha poltrona, dei uma boa tragada no cigarro e fiz um círculo quase perfeito.

8

Depois do almoço, decidi voltar ao escritório. Abri a porta, e havia um cara sentado atrás da minha mesa. Não era McKelvey. Eu não conhecia. As pessoas gostavam de se sentar atrás da minha mesa. E, além disso, além do cara sentado, havia um cara de pé. Pareciam maus, calmos mas maus.

– Eu me chamo Dante – disse o cara atrás da mesa.

– E eu Fante – disse o cara de pé.

Eu não disse nada. Remexia no escuro. Um frio me correu pela espinha acima e varou o teto.

– Foi Tony quem mandou a gente.

– Não conheço nenhum Tony. Os cavalheiros pegaram o endereço certo?

– Oh, sim – disse o cara de pé.

Aí Dante disse:

– *Burnt Butterfly* nem largou.

– Jogou o jóquei pra fora no portão – disse Fante.

– Está brincando.

– Não estou brincando. Pergunte ao pó.

– Como um cara com um *handicap,* você está em *handicap.*

– E Tony diz que você nos deve quinhentos – disse Fante.

– Ah, isso – eu disse. – Eu tenho aqui mesmo...

Fui até a minha mesa.

– Esquece, babaca – riu Dante. – A gente confiscou sua pistola de água.

Recuei.

– Agora – disse Fante – compreende que a gente não pode deixar você andar por aí respirando numa boa enquanto deve quinhentos ao Tony?

– Me dá três dias...

– Tem três minutos – disse Dante.

– Por que é – perguntei – que os caras como vocês falam por turnos? Primeiro Dante, depois Fante, eternamente, e nunca quebram o ritmo?

– A gente está aqui pra quebrar outra coisa – disseram os dois juntos. – Você.

– Essa foi boa – eu disse. – Gostei dessa. Um dueto.

– Cala a boca – disse Dante. Puxou um cigarro e o pôs nos lábios. – Huummm – prosseguiu –, parece que esqueci o isqueiro. Vem cá, babaca, acende meu cigarro.

– Babaca? Está falando consigo mesmo?

– Não, *você*, vem cá. Acende meu cigarro! Já.

Peguei meu isqueiro, me adiantei, parei diante das caras mais feias que já vi, acendi o isqueiro e aproximei a chama da guimba.

– Bom menino – disse Dante –, agora pegue este cigarro de minha boca e meta na sua, com a ponta acesa pra dentro, e aguente até eu mandar tirar.

– Uh-uh – eu disse.

– Ou isso – disse Fante – ou a gente faz um buraco em você que vai dar pros anõezinhos da Disneylândia passarem dançando.

– Espera um minuto...

– Tem quinze segundos – disse Dante, sacando o cronômetro e acertando-o. Depois disse:

– Está valendo: catorze, treze, doze, onze...

– Não está falando sério?

– Dez, nove, oito, sete, seis, cinco, quatro, três...

Peguei o cigarro da boca de Dante e enfiei-o na minha, com a ponta acesa para dentro. Tentei gerar um volume de saliva e tirar a língua da frente, mas não deu, sobrou pra mim, sobrou mesmo, DOÍA!!! Era mau e doloroso! Comecei a me engasgar e cuspi o troço fora.

– Menino mau! – disse Dante. – Mandei aguentar até eu mandar tirar!

– Vai te foder! – eu disse. – Me mate!

– Tudo bem – disse Dante.

Nesse momento a porta se abriu e entrou Dona Morte. Estava realmente de matar. Quase esqueci a boca.

– Epa – disse Dante. – Que gostosa! Conhece ela, Belane?

– Já nos encontramos.

Ela se aproximou de uma cadeira, sentou-se, cruzou as pernas, a saia lá em cima. Nenhum de nós podia acreditar que via aquelas pernas. Nem eu, e já as tinha visto antes.

– Quem são esses palhaços? – ela me perguntou.

– Emissários de um cara chamado Tony.

– Bota eles daqui pra fora, *eu* é que sou sua cliente.

– Tudo bem, caras – eu disse –, hora de se mandar.

– Ah, ééé? – disse Dante.

E puseram-se a rir. E então, de repente, pararam.

– Esse é engraçado mesmo – disse Fante.

– Ééé – disse Dante.

– Eu me livro deles – disse Dona Morte.

Pôs-se a olhar fixamente para Dante. Imediatamente ele começou a se curvar para a frente na poltrona. Começou a ficar pálido.

– Nossa – disse –, não me sinto muito bem...

Ficou branco, depois amarelo.

– Estou passando mal – disse –, estou passando mal pra burro...

– Na certa foram aquelas iscas de peixe que você comeu – disse Fante.

– Iscas de peixe, iscas de fígado, eu preciso sair daqui! Preciso de um médico ou coisa parecida...

Aí eu a vi olhar para Fante. Aí Fante disse:

– Estou ficando tonto... Que é isso?... Clarões de luz... Chamas de foguete... Onde estou?

Encaminhou-se para a porta, Dante seguiu-o. Abriram-na e saíram devagar para o elevador. Eu saí e os vi entrar. Vi os dois antes da porta se fechar. Estavam horríveis. Horríveis.

Voltei à sala.

– Obrigado – disse –, você salvou meu rabo...

Olhei em volta. Ela sumira. Olhei embaixo da mesa. Ninguém. Olhei no banheiro. Ninguém. Abri a janela e olhei a rua lá embaixo. Ninguém. Bem, quer dizer, havia muita gente, mas não ela. Podia pelo menos ter-se despedido. Mesmo assim, fora uma bela aparição.

Voltei e me sentei atrás da minha mesa. Aí peguei o telefone e liguei para o número de Tony.

– Sim? – ele respondeu – Aqui é...

– Tony, aqui é o sr. Morte Lenta.

– Como? Ainda pode falar?

– Estou falando muito bem, Tony. Nunca me senti melhor.

– Eu não entendo...

– Sua turma esteve aqui, Tony...

– Ééé? Ééé?

– Deixei eles se livrarem fácil desta vez. Mande eles de novo, que eu faço o serviço completo neles.

Ouvi-o resfolegar no telefone. Era uma respiração bastante confusa. Aí ele desligou.

Peguei uma garrafa de uísque escocês na gaveta esquerda de baixo, abri e tomei um bom gole.

Quem mexia com Belane entrava em fria. Era muito simples.

Tampei a garrafa, guardei-a de volta na gaveta e pensei no que ia fazer em seguida. Um bom detetive tem sempre coisas a fazer. A gente vê no cinema.

9

Uma batida na porta. Não, foram cinco batidas rápidas, fortes, insistentes.

Sempre faço uma leitura das batidas. Às vezes, quando a leitura é ruim, não atendo.

Aquela era meio ruim.

– Entre – eu disse.

A porta escancarou-se. Era um homem, cinquentão, meio rico, meio nervoso, pés grandes demais, verruga no alto esquerdo da testa, olhos castanhos, gravata. Dois carros, duas casas, sem filhos. Piscina e spa, jogava na bolsa e era bastante burro.

Simplesmente ficou ali parado, suando só um pouco e me olhando fixo.

– Senta aí – eu disse.

– Eu me chamo Jack Bass – ele disse – e...

– Eu sei.

– Como?

– Acha que sua mulher está copulando com alguém ou alguéns.

– É.

– Ela está na casa dos vinte anos.

– É. Quero que você prove que ela está fazendo isso, depois quero o divórcio.

– Pra que esquentar, Bass? Simplesmente se divorcie.

– Quero provar que ela... ela...

– Esquece. Ela vai ficar com o mesmo dinheiro, seja como for. Estamos na Nova Era.

– Como assim?

– Chama-se divórcio sem culpa. Não importa o que alguém faça.

– Como?

– Apressa a justiça, esvazia os tribunais.

– Mas isso não é justiça.

– Eles acham que é.

Bass ficou sentado em sua cadeira, resfolegando e olhando para mim.

Eu tinha de resolver o caso de Celine e encontrar o Pardal Vermelho, e ali estava aquela bola flácida preocupada porque a mulher andava trepando com alguém.

Aí ele falou.

– Eu quero descobrir. Simplesmente quero descobrir por mim mesmo.

– Não vai sair barato.

– Quanto?

– Seis paus a hora.

– Não parece muito dinheiro.

– Pra mim, sim. Tem uma foto de sua mulher?

Ele mexeu na carteira, tirou uma e me entregou.

Olhei-a.

– Deus do céu! Ela é realmente assim?

– É.

– Estou ficando de pau duro só de olhar pra isso.

– Epa, não banque o espertinho!

– Oh, desculpe... Mas vou ter de ficar com a foto. Devolvo quando acabar.

Guardei-a na carteira.

– Ainda mora com você?

– Sim.

– E você sai pra trabalhar?

– Sim.

– E o que faz você pensar que ela...?

– Dicas, telefonemas, vozes em minha cabeça, o comportamento dela que mudou, muitas coisas.

Empurrei uma prancheta para ele.

– Anota aí seu endereço, casa e escritório, telefone, casa e escritório. Eu cuido daqui pra frente. Vou botar no rabo dela. Vou descobrir tudo.

– Como?

– Estou aceitando este caso, sr. Bass. Na sua consecução você será informado.

– "Consecução"? – ele perguntou. – Escuta, está se sentindo bem?

– Estou direito. E você?

– Oh, sim, eu estou bem.

– Então não se preocupe, sou o homem que você precisa, vou botar no rabo dela.

Bass se levantou devagar da cadeira. Dirigiu-se à porta e aí voltou-se.

– Foi Barton quem recomendou você.

– Lá vem você! Boa tarde, sr. Bass.

A porta fechou-se e ele se foi. Bom e velho Barton.

Tirei a foto dela da carteira e fiquei ali sentado olhando-a.

Sua puta, pensei, sua puta.

Levantei-me e tranquei a porta, depois tirei o telefone do gancho. Sentei-me atrás da mesa olhando a foto.

Sua puta, pensei, vou botar no seu rabo! Todinho! Sem piedade! Vou pegar você no ato! Vou pegar você. Sua puta, marafona, puta!

Comecei a arquejar. Abri o zíper. Aí veio o terremoto. Larguei a foto e mergulhei embaixo da mesa. Foi um dos bons. Por volta de seis. Pareceu durar uns dois minutos. Aí parou. Rastejei debaixo da mesa, ainda de zíper aberto. Tornei a encontrar a foto, guardei-a na carteira, fechei o zíper. Sexo era um alçapão, uma armadilha. Era para animais. Eu tinha juízo demais para esse tipo de merda. Pus o telefone de volta no gancho, abri a porta, saí, fechei-a e fui até o elevador. Tinha trabalho a fazer. Era o melhor detetive de Los Angeles *e* de Hollywood. Apertei o botão e esperei a porra do elevador subir.

10

Salte o resto do dia e da noite aqui, não houve ação, não vale a pena falar.

11

Na manhã seguinte, às oito horas, parei meu Fusca defronte da casa de Jack Bass. Estava de ressaca e lia o *Los Angeles Times*. De qualquer modo, fizera uma pesquisinha. O primeiro nome da mulher de Bass era Cindy. Cindy Bass, ex-Cindy Maybell. Os recortes de jornal dela revelavam que ganhara um concursinho de beleza, Miss Cozinha com Pimenta 1990. Modelo, algumas pontas no cinema, gostava de esquiar, aluna de piano, gostava de beisebol e polo aquático. Cor favorita: vermelho. Fruta favorita: banana. Gostava de fazer a sesta. Gostava de crianças. Gostava de jazz. Lia Kant. Claro. Esperava um dia entrar na ordem dos advogados etc. etc. etc. Conheceu Jack Bass numa roleta em Las Vegas. Casaram-se duas noites depois.

Por volta das oito e meia Jack Bass saiu de ré do acesso à casa em sua Mercedes e foi para seu emprego de executivo na Aztec Petroleum Corp. Agora era comigo e Cindy. Eu ia escancará-la. Ela estava à minha mercê. Peguei a foto para mais uma rechecada. Comecei a suar. Baixei o quebra-sol. A puta, ela estava enganando Jack Bass.

Enfiei a foto de volta na carteira. Começava a me sentir estranho. Qual era o problema? Estaria a dama me excitando? Ela tinha intestinos como todo mundo. Tinha pelos nas narinas. Cera nas orelhas. Qual era a grande coisa? Por que o para-brisa ondulava à minha frente como uma grande onda? Devia ser a ressaca. Vodca com cerveja para rebater. A gente tinha de pagar. O bacana em tomar um porre, porém, era que nunca se tinha prisão de ventre. Às vezes eu pensava em meu fígado, mas ele jamais se manifestava, jamais dizia: "Para com isso, está me matando e eu vou te matar!". Se a gente tivesse fígados que falassem, não seria preciso o A.A.

Fiquei ali sentado no carro esperando Cindy sair.

Era uma abafada manhã de verão.

Devo ter adormecido ali, sentado. Não sei o que me acordou. Mas lá estava a Mercedes *dela* saindo de ré do acesso. Manobrou, apontou para o sul e eu fui atrás. Mercedes vermelha. Segui-a até a autoestrada, a San Diego, onde ela pegou a pista de alta velocidade e enfiou o pé. Bem, ia a uns cem, de qualquer modo. Devia estar no cio. Querendo. Senti uma coisa se retorcer nas virilhas. Uma camada de suor me cobria a testa. Ela aumentou para 120. Estava no cio, a cadela estava no cio! Cindy, Cindy! Eu continuava firme com ela, quatro carros atrás. Ia botar no rabo dela, ia botar no rabo dela como jamais ele tinha sido enrabado! Era isso aí! Perseguição e consumação. Eu era Nick Belane, superdetetive!

Aí vi as luzes vermelhas piscando no retrovisor.

Merda!

Fui passando aos poucos para a pista de baixa velocidade, vi um acostamento, parei o Fusca, saltei. Os tiras pararam cinco carros atrás. Saiu um de cada lado. Eu me dirigi a eles, tirando a carteira. O tira sacou o revólver do coldre, apontou para mim.

– Para aí, companheiro!

Parei.

– Que diabos você vai fazer, me esburacar? Vá, vá, *me esburaque*!

O mais baixo veio por trás de mim, me deu uma chave de braço, me levou para o capô do carro da polícia e me fez curvar sobre ele.

– Seu merda! – disse. – Sabe o que a gente faz com veados como você?

– Ééé, eu faço uma porra duma boa ideia.

– Esse sacana é um espertinho! – disse o tira baixo.

– Vá com calma, Louie – disse o tira alto –, alguém aí pode ter uma camcorder. Aqui não é o lugar.

– Bill, eu odeio caras espertinhos!

– A gente dá uma cana nele, Louis. A gente dá uma cana boa nele depois.

Eu continuava imprensado sobre o capô. Os carros reduziam a velocidade na autoestrada. Os babacas olhando.

– Vamos lá, caras – eu disse –, a gente está causando um engarrafamento.

– E acha que a gente está ligando, porra? – perguntou Bill.

– Você ameaçou a gente, correu pra cima da gente metendo a mão na cintura! – gritou Louie.

– Eu ia tirar a carteira. Queria mostrar minha identidade. Sou detetive registrado, cidade de Los Angeles. Estava seguindo uma suspeita.

Louie afrouxou a chave mortal que mantinha no meu braço.

– De pé.

– Tudo bem.

– Agora pegue devagar a carteira e tire a licença de motorista.

Entreguei-lhe uma tira de papel, dobrada.

– Que diabo é isso? – ele perguntou.

O tira me devolveu o papel.

– Desdobre e devolva.

Eu fiz isso e disse:

– É uma espécie de licença temporária. Ficaram com minha carteira velha depois que não passei na prova de motorista, a escrita. Isso me permite dirigir até fazer a próxima prova dentro de uma semana.

– Quer dizer que não passou na prova?

– Ééé.

– Ei, Bill, esse cara não passou na prova de motorista!

– Como? É mesmo?

– Eu tinha outras coisas na cabeça...

– Parece que você não tem nada na cabeça – sorriu Louie.

– É pra rir – disse Bill.

– E está dizendo que é detetive autorizado? – perguntou Louie.

– É.

– Difícil de acreditar.

– Eu estava atrás de uma suspeita quando você ligou as luzes. Ia botar no rabo dela.

Entreguei a foto a Louie.

– Puta merda! – ele disse. Ficou olhando a foto. Era uma foto de corpo inteiro. Ela usava uma minissaia e uma blusa decotada, muito decotada.

– Ei, Bill, veja isso!

– Eu estava na campana dela, Bill, ia botar no rabo dela.

– Hum.. hum... hum... – fez ele.

– Preciso da foto de volta, seu guarda. Prova pessoal.

– Ah, sim, claro – ele disse, devolvendo-a com relutância.

– Bem, a gente devia meter uma cana em você – disse Louie.

– Mas não vamos – disse Bill. – Multaremos por ir a cem, embora fosse a 120. Mas temos de ficar com a foto.

– Como?

– Você ouviu.

– Mas isso é extorsão!

Bill levou a mão *à* arma.

– Que foi que você disse?

– Disse: negócio fechado.

Devolvi a foto a Bill. Ele começou a escrever a multa por excesso de velocidade. Fiquei ali esperando. Aí ele me entregou a multa.

– Assine.

Assinei.

Ele destacou-a e me entregou.

– Tem dez dias para pagar, ou, se alegar inocência, comparecer no tribunal como está indicado.

– Obrigado, seu guarda.

– E dirija com cuidado – disse Louie.

– Você também, companheiro.

– Como?

– Eu disse: claro.

Eles voltaram para seu carro. E eu para o meu. Entrei, liguei o motor. Eles estavam recostados lá atrás. Entrei no tráfego, depois me mantive nos oitenta.

Cindy, pensei, agora você vai me pagar mesmo! Vou botar no seu rabo como nunca ninguém botou!

Aí peguei a saída para a Harbor Freeway, a 110 para o sul, e segui em frente, mal sabendo para onde estava indo.

12

Segui a Harbor Freeway até o fim. Estava em San Pedro.

Desci a Gaffey, peguei à esquerda na 7ª, desci algumas quadras, virei à direita na Pacific e segui em frente, e aí vi um bar, o Cão Sedento, estacionei e entrei. Estava escuro. A TV desligada. O garçom era um cara velho, parecia ter uns oitenta anos, todo branco, cabelo branco, pele branca, lábios brancos. Dois outros caras velhos sentavam-se ao balcão, brancos como giz. Parecia que o sangue parara de correr no corpo deles. Lembravam-me moscas numa teia, sugadas até a última gota. Não se via nenhum drinque. Todos imóveis. Uma branca quietude.

Fiquei parado na porta, olhando-os. Finalmente, o garçom emitiu um som:

– Etch...?

– Alguém por aqui viu Cindy, Celine ou o Pardal Vermelho? – perguntei.

Eles ficaram me olhando. A boca de um dos fregueses murchou num buraco úmido. Ele tentava falar. Não conseguia. O outro baixou o braço e coçou os bagos. Ou o lugar onde devia haver bagos. O garçom permaneceu imóvel. Parecia um recorte em cartolina. Um recorte velho. De repente me senti jovem.

Adiantei-me e peguei um banco no balcão.

– Alguma chance de conseguir um drinque aqui? – perguntei.

– Etch... – disse o garçom.

– Vodca-7, esquece o limão.

Agora simplesmente enfia quatro e meio minutos no rabo e esquece. Foi quanto o garçom precisou para me atender.

– Obrigado – eu disse –, agora serve mais um enquanto está se mexendo.

Tomei um gole. Não estava ruim. Ele tinha muita prática.

Os dois caras velhos simplesmente continuaram ali sentados me olhando.

– Belo dia, não, companheiros?

Não responderam. Tive a sensação de que não respiravam. Não se deve enterrar os mortos?

– Escutem aqui, companheiros, quando foi a última vez que um de vocês baixou a calcinha de uma mulher?

Um dos caras velhos se ligou.

– He, he, he, he!

– Foi bom?

– He, he, he, he.

Eu começava a ficar deprimido. Minha vida não estava indo para lugar algum. Precisava de alguma coisa, o brilho das luzes, glamour, alguma porra. E ali estava eu, conversando com os mortos.

Acabei meu primeiro drinque. O segundo já pronto.

Dois caras entraram pela porta usando máscaras de meia.

Emborquei meu segundo drinque.

– TUDO BEM! NINGUÉM SE MEXE! CARTEIRAS, ANÉIS E RELÓGIOS NO BALCÃO! JÁ! – berrou um dos caras.

O outro saltou o balcão e abriu a caixa registradora. Esmurrou-a.

– EI! COMO SE ABRE ESTA PORRA?

Olhou em volta, viu o garçom.

– EI, VÔ! VEM CÁ E ABRE ESTA COISA!

Apontava o revólver para ele. De repente o garçom soube mexer-se. Estava na registradora num piscar de olho e abriu-a.

O outro cara guardava as coisas que a gente tinha posto no balcão num saco.

– PEGUE A CAIXA DE CHARUTO! EMBAIXO DO BALCÃO! – gritou para o companheiro.

O cara atrás do balcão metia o dinheiro da caixa num saco. Encontrou a caixa de charuto. Estava cheia. Ele meteu-a no saco e saltou o balcão.

Aí os dois ficaram ali parados por um instante.

– *Estou me sentindo meio maluco!* – disse o cara que saltara o balcão.

– Esquece, vamos embora! – disse o outro cara.

– ESTOU ME SENTINDO MALUCO! – berrou o primeiro cara.

Apontou o revólver para o garçom. Disparou três tiros. Todos nas tripas. O velho retorceu-se três vezes e caiu.

– SEU PORRA IDIOTA! POR QUE FEZ ISSO? – berrou seu companheiro.

– NÃO ME CHAME DE IDIOTA! MATO VOCÊ TAMBÉM! – ele gritou, se virou e apontou a arma para o parceiro.

Atrasou-se demais. O tiro lhe varou o nariz e saiu pela nuca. Ele caiu levando consigo um dos bancos do balcão. O outro cara saiu correndo pela porta. Contei até cinco, depois corri atrás dele. Os dois caras vivos continuavam vivos quando saí.

Cheguei ao carro depressa. Arranquei do meio-fio, percorri um quarteirão, virei à direita e desci uma rua secundária. Depois diminuí a marcha e segui. Ouvi uma sirene. Acendi um cigarro com o isqueiro do painel, liguei o rádio. Um pouco de música rap. Não entendia o que o cara *rapava.*

Não sabia se voltava para casa ou para o escritório.

Acabei num supermercado empurrando um carrinho. Comprei cinco grapefruits, um frango assado e um pouco de salada de batata. Um quinto de vodca e papel higiênico.

13

Estava de volta ao meu apartamento. Mergulhei no frango e na salada de batata. Derramei um grapefruit no tapete. Sentia-me frustrado. Tudo me derrotava.

Aí o telefone tocou. Arranquei uma asa de frango sapecado e atendi.

– Sim?

– Sr. Belane?

– Ééé.

– Você ganhou uma viagem de graça ao Havaí – disse alguém.

Desliguei. Fui à cozinha e servi uma vodca com água mineral e uma gota de molho de pimentão. Sentei-me com ela, tomei meio gole, e bateram na porta. Fiz uma má leitura da batida, mas fui em frente assim mesmo e disse:

– Entra.

Para meu grande pesar. Era meu vizinho do 302, o carteiro. Os braços dele sempre pendiam meio esquisitos. A mente também. Os olhos nunca olhavam a gente, mas de algum modo por cima da cabeça. Como se a gente estivesse lá atrás, em vez de onde estava. Tinha mais umas coisinhas erradas nele também.

– Escuta, Belane, tem um drinque aí pra mim?

– Na cozinha, prepare você mesmo.

– Claro.

Ele foi para a cozinha, assobiando Dixie.

Depois veio saltitando, um drinque em cada mão. Sentou-se à minha frente.

– Não quis que faltasse – disse, acenando com a cabeça para seus drinques.

– Sabe – informei-lhe –, vendem esse troço por aí num bocado de lugares. Você devia fazer estoque.

– Esquece... Escuta, Belane, vim aqui pra falar sério.

Esvaziou o drinque da mão direita, espatifou o copo contra a parede. Aprendera isso comigo.

– Escuta, Belane, estou aqui pra encaminhar nós dois na estrada da glória fácil.

– Claro – eu disse –, vamos ouvir.

– Loco Mike. Correu outro dia. A velocidade da língua de um leproso no peitinho de uma virgem: correu o primeiro quarto em 21.0. Veio queimando o chão no retão com uma vantagem de cinco corpos, prêmios de vinte mil dólares, só perdeu por um corpo e meio. Agora está caindo para quinze mil. Um coelho daqueles. Os outros só vão ver o rabo dele. O *Programa do Turfe* está cotando ele quinze a um. Um roubo! Vou botar você na jogada, companheiro velho!

– Pra que dividir comigo? Por que não fica com *tudo*?

Ele esvaziou o outro drinque. Depois olhou em volta. Ergueu o copo.

– Guenta aí! – eu disse. – Se quebrar esse copo, vai ter dois buracos do cu.

– Hum?

– Pense nisso.

O carteiro depôs calmamente o copo.

– Tem mais alguma coisa pra beber?

– Você sabe. Ponha um pra mim também.

Ele foi à cozinha. Eu me sentia aos poucos perdendo a paciência.

Aí ele voltou, me entregou um drinque.

– Guenta aí – eu disse. – Eu tomo o seu drinque.

– Por quê?

– Está mais forte.

Ele me entregou o outro drinque e sentou-se.

– Agora, como eu ia dizendo, saco de cartas, por que dividir comigo?

– Bem, aaah – ele disse.

– É, vá em frente...

– Estou meio curto de grana. Não tenho nada pra apostar. Mas depois que a gente faturar eu posso pagar com os ganhos.

– Não me agrada o som disso.

– Escuta, Belane, eu só preciso de uns trocados.

– Quanto?

– Vinte paus.

– Isso é dinheiro pra burro.

– Dez paus.

– Dez paus, porra?

– Tudo bem, cinco paus.

– Como?

– Dois paus.

– Te manda daqui!

Ele esvaziou seu drinque e levantou-se. Acabei o meu. Ele ficou ali parado.

Disse:

– Por que esses grapefruits todos no chão?

– Porque eu gosto deles assim.

Levantei-me e me aproximei dele.

– Hora de se mandar, companheiro.

– Hora de se mandar, hein? Eu só vou quando me der na telha, porra!

Os drinques o tinham deixado ousado. Isso acontece.

Meti o punho na barriga dele. Estava com a soqueira. Quase atravesso o cara, porra.

Ele caiu.

Eu peguei alguns cacos de vidro do chão. Voltei, abri a boca dele e joguei os cacos lá dentro. Depois esfreguei-lhe as bochechas e dei-lhe uns tapas. Os lábios ficaram mais vermelhos.

Depois voltei à minha bebida. Creio que se passaram uns 45 minutos, e o carteiro começou a se mexer. Rolou, cuspiu uma lasca de vidro e começou a rastejar para a porta. Dava dó. Rastejou até a porta. Eu a abri e ele rastejou para fora e para seu apartamento. Eu tinha de ficar de olho nele no futuro.

Fechei a porta.

Sentei-me e encontrei meio cigarro apagado no cinzeiro. Acendi-o, tirei uma puxada, me engasguei. Tentei de novo. Nada mal.

Sentia-me introspectivo.

Decidi não fazer mais nada nesse dia.

A vida consumia a gente, consumia mesmo.

Amanhã seria um dia melhor.

14

No outro dia eu estava de novo na livraria do Red. Voltara ao caso Celine. Hipódromo fechado e dia nublado. Red punha os preços em algumas raridades.

– Que tal o Musso's? – ele perguntou.

– Não posso, Red. Parece que vivo comendo o tempo todo. Olha pra mim.

Afastei o paletó. A barriga forçava a camisa. Um botão saltara.

– É melhor mandar aspirar essa banha. Vai ter um ataque cardíaco. Eles sugam a gordura por um tubo. Você pode botar num pote e olhar, pra lembrar de jogar fora o recheio dos sonhos.

– Vou pensar nisso. Quer um pouco de grapefruit?

– Grapefruit? Não engorda?

– Eu só sei que tropecei num deles e caí hoje de manhã, são perigosos.

– Onde você dormiu, na geladeira?

Dei um suspiro.

– Escuta, vamos mudar de assunto. Sabe o tal cara que parece Celine?

– Ah, aquele...

– Aquele. Tem aparecido?

– Não desde que você esteve aqui. Está na cola desse bicho?

– Pode-se dizer.

Então, sem mais nem menos, entrou Celine.

Passou por nós, desceu e pegou um livro.

Eu me aproximei dele. Perto mesmo. Ele segurava o exemplar assinado de *Enquanto agonizo*. Aí me viu.

– Nos velhos tempos – disse –, a vida dos escritores era mais interessante do que os livros deles. Hoje, nem a vida nem a literatura são interessantes.

Pôs Faulkner de volta no lugar.

– Você mora por aqui? – perguntei.

– Pode ser. E você?

– Você antes tinha sotaque francês, não tinha? – perguntei.

– Pode ser. E você?

– Oh, nada parecido. Escuta, alguém já te disse que se parece com outra pessoa?

– Todos nós, mais ou menos, parecemos com outra pessoa. Escuta, tem um cigarro aí?

– Claro.

Peguei meu maço.

– Por favor – ele disse –, pegue um, acenda e fume. Mantém você ocupado.

Ele foi se afastando.

Acendi o cigarro e tirei uma baforada. Depois o segui. Dei um aceno de adeus a Red e saí para a rua. Bem a tempo de vê-lo entrar num Fiat 89 no meio-fio. E quem estava estacionado logo atrás? Meu Fusca. Que sorte! E ainda falam em foder com as chances. A primeira vez em meses que eu arranjara uma vaga no meio-fio! Pulei dentro, acelerei e o segui.

Ele desceu o Hollywood Boulevard.

Dona Morte, pensei, vele por mim, estou a seu serviço.

Aí quase o perdi no sinal seguinte, mas furei a mudança do sinal vermelho. Numa boa, a não ser por uma senhora num Cadillac que me xingou. Sorri.

Logo Celine e eu pegávamos o elevado Hollywood Freeway, o sol ardendo através das nuvens. Eu mantinha Celine à vista. Me sentia bem. Talvez mandasse aspirar a gordura por um tubo. Ainda era jovem. Tinha a vida pela frente.

Então Celine entrou no elevado Freeway de Harbor.

Depois estava no Santa Monica.

Depois no San Diego. Sul.

Aí Celine pegou uma saída e o segui. Parecia território conhecido. Continuei atrás por meia quadra. Esperava que ele não checasse muito o retrovisor.

Aí o vi diminuir a marcha, encostar e parar. Encostei no meio-fio, estacionei e observei.

Ele saltou do carro, andou algumas casas e atravessou a rua, olhando por cima do ombro. Parou, olhou em torno de novo e subiu a entrada de carros para uma casa. Parou na entrada, olhou em torno e bateu à porta. A casa era grande e tinha um aspecto familiar.

A porta se abriu e Celine entrou.

Desencostei da calçada e fui passando, dirigindo devagar. Era a casa de Jack Bass. Diga isso bem depressa. Eram só duas e meia da tarde, a Mercedes vermelha de Cindy estava parada na entrada.

Contornei a quadra e estacionei na mesma vaga de antes.

Ia matar dois pássaros com uma pedra. Ia desmascarar Celine e botar no rabo de Cindy.

Ia dar um tempo a eles. Dez minutos.

Quando eu estava no primário, tínhamos uma professora, uma senhora, que nos perguntou:

– O que você quer ser quando crescer?

E quase todos os meninos disseram que queriam ser bombeiros. Isso era burrice, a gente podia se queimar. Alguns caras disseram que queriam ser médicos ou advogados, mas ninguém disse: "Quero ser detetive". E, agora, ali estava eu sendo um. Ah, quando ela se aproximou de mim, eu disse: "Não sei...".

Os dez minutos haviam passado. Peguei minha camcorder, abri a porta do carro com o pé e me aproximei da casa. Senti que tremia um pouco, respirei fundo e fui até a porta. A fechadura não foi problema. Em 45 segundos, estava dentro.

Atravessei pelo corredor e ouvi vozes. Andei até uma porta. Eles estavam ali. Eu ouvi as vozes. Falavam baixo. Aproximei-me mais e escutei.

Ouvi Celine.

– Você precisa disso... você sabe.

– Eu... – ouvi Cindy – eu não sei... e se o Jack descobrir?

– Ele nunca vai saber.

– Jack é um cara violento...

– Ele nunca vai saber. É pro seu próprio bem.

Cindy riu.

– Pro meu bem? E você não leva nada?

– É claro... Aqui, aqui, olhe, pegue... é um começo...

Esperei mais alguns segundos, então chutei a porta e entrei com minha câmera. Estava ligada e em foco.

Eles se sentavam a uma mesa de café e Cindy parecia assinar alguns papéis. Ela olhou e gritou.

– Que merda – eu disse.

Baixei a câmera.

– Que diabo é isso? – perguntou Celine. – Você conhece este cara?

– Nunca vi antes!

– Eu vi – disse Celine. – Ele anda naquela livraria me fazendo umas perguntas idiotas.

– Vou chamar a polícia – disse Cindy.

– Espera aí – eu disse –, posso explicar tudo!

– É melhor – disse Celine.

Não consegui pensar em nada. Só fiquei ali parado.

– Vou chamar a polícia – disse Cindy – já!

– Espera aí – eu disse. – Foi seu marido, Jack Bass, que me contratou. Sou detetive.

– Contratou você? Pra quê?

– Pra botar no seu rabo.

– Botar no meu rabo?

– É.

– Eu só estava tentando vender um seguro a esta senhora – disse Celine – e você vem arrombando tudo com sua câmera.

– Desculpe, foi um erro. Por favor, me deixa consertar.

– Como diabos vai consertar isso? – perguntou Celine.

– No momento, não sei. Lamento muitíssimo. Vou encontrar um meio de melhorar tudo. Vou mesmo.

– Esse cara é um desses patetas – disse Cindy. – Um caso de hospício!

– Desculpe. Mas vou ter de ir agora. Entro em contato.

– Vamos entregar você à polícia! – afirmou Cindy.

– Tenho de ir – eu disse.

– Ah, não! – disse Cindy. – Você não vai a lugar algum!

Apertou um botão quando me virei para sair pela porta. Mas ali estava um razoável fac-símile de King Kong. Era monstruoso. Aproximou-se de mim devagar.

– Ei, garoto – eu disse –, gosta de bombom?

– Seu puto – ele disse –, você é meu bombom!

– E que tal uns brinquedos? Que brinquedos você gosta?

King Kong me ignorou. Virou-se para Cindy.

– Quer que eu mate ele?

– Não, Brewster, basta dar um jeito pra que não consiga andar tão bem por algum tempo.

– Tudo bem.

Ele se aproximou de mim.

– Brewster – eu disse –, em quem votou pra presidente?

– Hum?

Ele parou para pensar.

Peguei a camcorder e mandei direto no brinquedo dele. Atingiu em cheio o objetivo. Ele se encolheu, agarrando as partes privadas.

Corri para ele, peguei a câmera e tasquei na nuca. Ouvi o vidro se quebrando.

King Kong desabou. Caiu de cara no sofá, durão. Metade do corpo no sofá, a outra metade para fora.

Adiantei-me e peguei o que restava da camcorder.

Olhei para Cindy.

– Ainda vou botar no seu rabo.

– Esse homem é louco! – ela gritou.

– Acho que tem razão – disse Celine.

Girei nos calcanhares e dei o fora dali.

Mais um dia perdido.

15

No dia seguinte, estava no meu escritório. Tudo parecia num beco sem saída. Fora uma noite terrível, eu tentara dormir na base da bebida. Mas as paredes do meu apartamento eram finas. Eu ouvia tudo no vizinho do lado...

– Ei, gostosa, estou com o pau cheio dessa pasta branca gosmenta, que vou ter de botar pra fora, senão vou ter um ataque ou coisa parecida.

– Problema seu, cara.

– Mas a gente é casado!

– Você é feio demais.

– Como? Hein? Você nunca me disse.

– Acabei de decidir.

– Bem, estou com creme saindo pelos ouvidos, gostosa! Preciso dar um jeito.

– Se vire sem mim, seu punheteiro!

– Tudo bem, tudo bem. Cadê a gata?

– A gata? Ah, não, seu puto, com a Sininho, não!

– Cadê a porra da gata? Acabei de ver ela não faz um minuto.

– Não se atreva! Não se atreva! Com a Sininho, não!

Eu não conseguira dormir de bêbado. Só fiquei ali sentado, bebendo. Sorte madrasta.

E agora, como eu dizia, estava de novo no escritório. Me sentia inteiramente imprestável. Não valia nada. Milhões de mulheres dando sopa lá fora, e nenhuma sobrando pra mim. Por quê? Era um perdedor. Um detetive que não encontrava solução para nada.

Olhei a mosca rastejando sobre a minha mesa e me preparei para levá-la para o escuro.

Aí tive um clarão!

Saltei de pé.

Celine vendia *seguro* para Cindy. *Seguro de vida* de Jack Bass! Agora iam apagá-lo, fazer parecer morte natural! Estavam juntos naquilo! Eu os pegara pelos colhões. Bem, pegara Celine pelos colhões, e Cindy – bem, eu ia botar no rabo dela! Jack Bass estava numa fria. E Dona Morte queria Celine. E o Pardal Vermelho ainda não fora encontrado. Mas eu sentia que chegava perto de alguma coisa. Uma coisa bem grande. Tirei a mão do bolso e peguei o telefone. Depois larguei de novo. Pra quem diabos iria ligar? Eu sabia que horas eram. E Jack Bass estava na merda. Eu tinha de pensar. Tentei pensar. A mosca ainda se arrastava na mesa. Enrolei o *Programa do Turfe*, dei-lhe uma porrada, errei. Não era o meu dia. Nem minha semana. Nem meu mês. Nem meu ano. Nem minha vida. Porra.

Fiquei sentado em minha poltrona. Nascido para morrer. Nascido para viver como um esquilo assustado. Onde andavam as coristas? Por que me sentia como se assistisse ao meu próprio funeral?

A porta se abriu. E apareceu Celine.

– Você – eu disse. – Só podia ser você.

– Conheço essa música – ele disse.

– Não bate nunca?

– Depende – disse Celine. – Se incomoda se eu sentar?

– Me incomodo, mas tudo bem.

Ele abriu minha caixa de charutos, tirou um, desembrulhou, mordeu a ponta, pegou um isqueiro, acendeu, chupou, exalou um jato de fumaça.

– Estas coisas a gente compra, você sabe – eu disse.

– O que é que não se compra?

– Ar. Mas vão vender. Agora, o que você quer?

– Bem, meu bom amigo...

– Corta essa.

– Está bem, está bem... bem, vamos ver...

Celine pôs os pés em minha mesa.

– Belos sapatos você tem – eu disse. – Comprou na França?

– França, Schmantz, quem está ligando?

Soltou outro jato de fumaça.

– Por que veio aqui? – perguntei.

– Uma boa pergunta – ele disse – que vem trovejando há séculos.

– Trovejando?

– Não seja tão exigente, pelo amor de Deus. Você age como um cara que teve uma infância infeliz.

Bocejei.

– Então – ele disse – é o seguinte. Você está na merda por duas acusações. Invasão violenta de domicílio. Agressão e lesões corporais.

– O quê?

– Brewster virou eunuco. Você esmagou os colhões dele com aquela camcorder, estão parecendo dois figos fritos. Agora ele pode cantar como soprano ligeiro.

– E?

– A gente sabe o paradeiro do réu que praticou o arrombamento, que eliminou a masculinidade de outro.

– E?

– E é possível que a polícia seja informada.

– Tem alguma prova?

– Três testemunhas.

– É um bando.

Celine tirou os pés da mesa, curvou-se bem para mim, me olhando direto nos meus olhos.

– Belane, eu preciso de um empréstimo de dez mil paus.

– Entendi. *Entendi! Chantagem! Seu porco! Chantagem!*

Eu me sentia ficando excitado. Era muito bom.

– Não é chantagem, seu otário. Só estou pedindo um empréstimo de dez mil paus. Um empréstimo, entendeu?

– Empréstimo? Tem avalista?

– Com os diabos, não.

– *Seu verme da porra! Acha que vou ficar parado com isso?*

Contornei a mesa na direção dele.

– BREWSTER! – ele gritou. – AGORA!

A porta se abriu e entrou meu velho amigo Brewster.

– Oi, seu Belane! – ele disse, com uma voz esganiçada. Mas isso não o fazia parecer menor. Era o maior filho da puta que eu já tinha visto. Fui para trás da minha mesa, abri a gaveta e puxei o 45. Apontei para ele.

– Garotão – eu disse –, esta coisa para um trem! Vai querer ser uma Maria Fumaça? Vem, vem, Maria Fumaça! Siga os trilhos até aqui. Vou descarrilar você. Vem, Maria Fumaça! Corre!

Soltei a trava e apontei para o barrigão.

Brewster parou.

– Eu não gosto deste jogo...

– Tudo bem, tudo bem – eu disse. – Está vendo aquela porta?

– Uh-uh...

– É a porta do banheiro. Quero que você entre lá e se sente na privada. Estou cagando se vai baixar as calças ou não. Mas quero que você entre lá e se sente na privada até eu mandar você sair!

– Tudo bem.

Ele caminhou até a porta, abriu e entrou. Que lamentável volume de nada perigoso.

Aí apontei o 45 para Celine.

– Você aí – disse.

– Está fodendo tudo, Belane.

– Sempre fodo tudo. Agora, você... entre ali com seu garoto. Anda, já!

Celine largou o charuto, depois andou devagar até a porta da latrina. Fui atrás. Cutuquei-o com o 45.

– Aí dentro!

Ele entrou e fechou a porta. Peguei a chave e tranquei. Depois voltei para minha mesa e comecei a empurrá-la lentamente para a porta do banheiro. Era muito pesada. Tive de ir centímetro a centímetro. Levei quinze minutos para empurrar uns quatro metros. Então a encostei na porta.

– Belane – disse Celine, por trás da porta –, você deixa a gente sair agora e estamos quites. Não vou querer o empréstimo. Não vou falar com os tiras. Brewster não vai te machucar. E eu cuido da Cindy.

– Ei, garotão – eu disse. – Da Cindy *eu* cuido. Vou botar no rabo dela.

Deixei-os lá dentro. Tranquei a porta do escritório, atravessei o corredor e peguei o elevador para baixo. De repente me sentia melhor em relação a tudo. O elevador chegou ao térreo e saí para a rua. O primeiro vagabundo que me abordou ganhou um dólar. Ao segundo eu disse que acabara de dar um dólar ao outro vagabundo. Terceiro vagabundo, mesma coisa etc. Nem o ar estava poluído naquele dia. Eu avançava com determinação. Já decidira sobre o almoço. Camarões com batatas fritas. Meus pés pareciam bonitos andando na calçada.

16

Depois do almoço, estacionei a menos de meia quadra da casa de Cindy. Lá estava a Mercedes vermelha estacionada no acesso à casa. Na certa ela esperava a volta de Celine e Brewster. Uma pena. Liguei o rádio para ouvir o noticiário.

– Seu idiota – veio a voz do rádio –, não está fazendo nenhum progresso.

– Quem, eu? – perguntei.

– Só tem você sentado aí, não é?

Olhei em volta.

– É – disse. – Só eu.

– Então mexa esse rabo.

Era a voz de Dona Morte que saía do rádio.

– Escuta aqui, gostosa, estou trabalhando num caso. Estou numa campana.

– Quem é que você está campanando?

– Uma ligação do Celine. Amarra todas as pistas.

– Até os cadarços dos seus sapatos. Onde está o Celine?

– Numa privada com um eunuco de duzentos quilos.

– E que o está fazendo lá?

– Deixei ele esfriando.

– Não quero machucá-lo. Ele é meu.

– Eu não machuco ninguém, gostosa, palavra de índio.

– Às vezes, Belane, acho você meio anormal.

– DESLIGO E SAIO! – gritei e desliguei o rádio.

E fiquei ali, olhando para a Mercedes vermelha e pensando em Cindy. Tinha uma minicamcorder extra comigo. Começava a me sentir doido por uma ação. Pensei em entrar clandestinamente de novo e pegar alguma coisa. Talvez escutasse uma conversa telefônica. Talvez desse com alguma pista.

Claro, era perigoso. Em plena luz do dia. Mas eu vicejava no perigo. Me deixava os ouvidos tinindo e o buraco do cu em biquinho. Só se vive uma vez, certo? Bem, com exceção de Lázaro. Pobre babaca, teve de viver duas vezes. Mas eu era Nick Belane. Só se anda uma vez na roda-gigante. A vida era para quem se arriscava.

Saí do carro com a minicamcorder. Também levei a pasta, como disfarce. Quebrei um pouco o chapéu sobre o lado esquerdo da cara e fui até a casa. O sensor interior ligadão. Alguma coisa estranha se passava naquela casa. Eu sentia isso com muita força. Cheguei a morder a língua, de excitação. Cuspi o sangue e fui até a porta. De novo, não foi problema. Quarenta e sete segundos, e estava dentro.

Segui pelo corredor com os ouvidos em alerta. Comecei a achar que ouvia vozes. Ouvia mesmo. Um homem e uma mulher. Parei no início da escada. Sim, as vozes vinham do alto da escada. Eu as ouvia muito bem. Uma reconheci como a de Cindy. Continuei andando em frente, parei na porta. Cheguei mais perto.

Ouvi Cindy rindo:

– Que pensa que vai fazer com essa coisa?

– Um palpite, gostosa! Estou esperando há muito tempo!

– Bem, veio no lugar certo, garotão!

– Vou montar você até o inferno e voltar, gostosa!

– Ah, é?

– Sua puta!

Escutei Cindy rir de novo. Depois foi o silêncio. Continuou assim por algum tempo. Aí começou a ficar barulhento. Eu ouvia a respiração apressada e um barulho repetido, depois o ruído das molas da cama.

– Ah! – ouvi Cindy gemer. – Oh, meu Deus!

Larguei a pasta no chão, liguei a camcorder, arrombei a porta com um chute.

– BOTEI NO TEU RABO!

– O QUÊ? – o cara olhou em volta de onde estava. Cindy baixou as pernas e GRITOU.

O cara saltou no chão e me encarou. Filho da puta gordo horrível.

– QUE PORRA É ESSA? – gritou.

Era Jack Bass. Nossa mãe, era Jack Bass!

Eu me virei e desci a escada correndo.

– PUTA MERDA! – gritei.

Estava chegando à porta. Abri correndo, e pelo rabo do olho vi Jack Bass ali em pé, os colhões à mostra. Tinha um objeto nas mãos. Uma arma. Atirou. A bala fez meu chapéu rodopiar na cabeça. Ele atirou de novo. Senti a morte passar junto à orelha direita. E corri pela calçada. Disparei pela rua para o meu carro. Tarde demais, vi uma coisa no caminho: um velho pedalando e comendo uma maçã. Trombei direto com ele e deixei o cara lá todo torto entre as rodas da bicicleta, caído no asfalto.

Num átimo, estava dentro do Fusca. Saí do meio-fio cantando pneu. O velho se levantava devagar. Desviei para não atropelá-lo de novo, entrei pelo meio-fio e subi na calçada. Depois passei chispando pela casa de Jack Bass. Ele estava parado na porta, ainda com os colhões de fora, e deu ainda mais três tiros. Um varou o macaquinho pendurado no meu espelho retrovisor. O segundo passou entre mim e o nada. O terceiro atravessou o banco de passageiro da frente, pegou no porta-luvas e abriu um buraco.

Aí eu estava longe dali. Ziguezagueei de um lado para outro por meia dúzia de ruas laterais. Aí encontrei uma avenida e segui o tráfego. Era um dia típico de Los Angeles: ar poluído, pouco sol e nada de chuva há meses.

Parei num McDonald's, pedi batatas fritas, café e coxinha de galinha.

17

Voltei para o escritório. Brewster e Celine tinham forçado a porta da privada. A porta estava aberta, arrombada. Empurrei minha mesa para o lugar. Levei quinze minutos.

Me sentei e tentei arrumar as ideias.

Agora estava todo mundo atrás do meu rabo: Celine, Brewster, Cindy, Jack Bass e Dona Morte. Talvez até mesmo Barton.

Não sabia mais quem eram meus clientes, ou mesmo se ainda tinha algum.

Eu poderia ser preso por várias infrações recentes. Ou poderia vir alguém me apagar. O escritório era um lugar perigoso. Verifiquei o coldre para ver se lá estava o 45. Ainda estava. Gostoso, legal. Bem, ninguém ia me expulsar do meu escritório. Um detetive sem escritório não é detetive.

E eu não sabia se Celine *era* Celine e não encontrara o Pardal Vermelho. Nada ia para a frente.

Tinha sido um dia longo. Botei os pés em cima da mesa, me recostei na poltrona e fechei os olhos. Logo estava dormindo.

No sonho eu me sentava num bar fuleiro. Tomava um uísque escocês com soda. Era a única pessoa no bar, com exceção do garçom, que parecia meio indistinto. Simplesmente ficava parado do outro lado do balcão, lendo *The National Enquirer*. Então entrou um tipo bem esmolambado e avacalhado. Precisava fazer a barba, cortar o cabelo, tomar um banho. Usava uma imunda capa de chuva amarela que lhe chegava até os sapatos. Por baixo da capa viam-se uma camiseta branca e uma gravata laranja desbotada. Aproximou-se de mim como uma lufada de mau cheiro. Sentou-se no tamborete a meu lado. Tomei um gole de minha bebida. O garçom olhou. Prendeu meu olhar.

– Estou com fome – disse. – Estou com tanta fome que comeria até um cavalo.

– Eu gostaria que você tivesse comido algum dos cavalos em que apostei – eu disse.

Não admirava que ele parecesse indistinto. Não ocupava muito espaço. Magro como um trilho. As bochechas caídas como se fossem de papel. Desviei o olhar.

O outro cara sentava-se a meu lado.

– Psiu... – fez ele.

Ignorei-o. Tornei a olhar para o garçom.

– Escuta – disse –, eu acabo o drinque e você fecha e vai comer em algum lugar.

– Obrigado – ele disse –, mas tenho de manter a casa aberta. Mas estou bem. Eu me viro.

– Psiu... – recomeçou o cara do lado.

– Te manda, cara – eu disse.

– Eu tenho uma informação.

– Não preciso, leio jornal.

– Esta não está nos jornais.

– Qual?

– O Pardal Vermelho.

– Ei, garçom – gritei –, um drinque aqui pro cavalheiro. Dá pra ele um rum com coca.

O garçom foi preparar.

– Mora em Redondo Beach? – perguntou o cara.

– East Hollywood.

– Conheço um cara, parecido com você, que mora em Redondo Beach.

– É mesmo?

– É.

Chegou a bebida do cara. Ele tomou num gole só.

– Eu tinha um irmão – ele disse – que morava em Glendale. Se matou.

– Parecia com você?
– Uh-uh.
– Então está explicado.
– Tenho uma irmã que mora em Burbank.
– Para de falar besteira.
– Não é besteira.
– Eu quero saber o que você sabe sobre o Pardal Vermelho.
– Claro, vou dar o serviço.
– Então?
– Estou com sede...
– Garçom! – gritei. – Mais um rum com coca aqui pro cavalheiro.

O cara esperou pela bebida. Chegou. Ele emborcou tudo. Depois me olhou com os olhos remelentos e vazios.

– Eu estou com o Pardal.
– Como?
– Quer dizer, aqui no bolso.
– Sensacional, vamos ver!

Ele mexeu os bolsos. Continuou mexendo.

– Hum... parece que não consigo achar...
– Seu porra! Me enrolou! Vou quebrar sua cara!
– Espera aí... espera... tem alguma coisa aqui... sim. No outro bolso... estava procurando no bolso errado...
– É?
– É, olha... aqui... aqui mesmo... o Pardal Vermelho!

Tirou do bolso e pôs em cima do balcão. Olhei. Era um pombo morto.

– É um pombo morto – eu disse.
– Não, é o Pardal Vermelho.

Pus algumas notas no balcão pelas bebidas, me levantei e peguei o cara pela gola do casaco sujo. Arrastei-o até a porta, abri e o joguei na rua. Aí me voltei e fechei a porta.

Então vi o garçom. Ele segurava o pombo e o comia, rasgando-o com os dentes. A boca cheia de penas e sangue. Piscou para mim.

Aí o telefone tocou em minha mesa e acordei.

18

Peguei o telefone.

– Agência de Detetive Belane...

– Meu nome é Grovers, Hal Grovers, preciso de sua ajuda. A polícia está rindo da minha cara.

– O que é que há, sr. Grovers?

– Tem um alienígena atrás de mim.

– Ha, ha, ha, sr. Grovers, tem dó...

– Está vendo? Todo mundo ri de mim.

– Desculpe, Grovers. Mas antes que você fale mais comigo tenho de lhe dizer o meu preço.

– Qual é?

– Seis dólares a hora.

– Não parece problema.

– Nada de cheque borrachudo, senão você vai carregar os bagos num saco, sacou?

– Meu problema não é dinheiro – ele disse –, é a mulher.

– Que mulher, sr. Grovers?

– Diabos, a de quem estou falando, a alienígena.

– A alienígena é uma mulher?

– Sim... sim...

– Como é que você sabe?

– Ela me disse.

– Acredita nela?

– Claro, vi ela fazer umas coisas.

– Como?

– Bem, flutuar até o teto, essas coisas...

– Você bebe, Grovers?

– Claro. E você?

– Não estaria vivo sem isso... Agora, escuta, Grovers, antes de a gente continuar você precisa vir aqui pessoalmente. É no terceiro andar do Edifício Ajax. Bata antes de entrar.

– Algum toque especial?

– Sim, barba e cabelo, seis batidas, assim eu sei que é você.

– Tudo bem, sr. Belane...

Matei quatro moscas enquanto esperava. Porra, a morte estava em toda parte. Homem, pássaro, animal, réptil, roedor, inseto, peixe, não tinham a mínima chance. Tudo carta marcada. Eu não sabia o que fazer. Fiquei deprimido. Sabe, eu vejo um garoto de entregas no supermercado empacotando minhas compras, depois o vejo enfiando a si mesmo na própria cova, junto com o papel higiênico, a cerveja e o peito de frango.

Aí veio a batida secreta na porta e eu disse:

– Entre, por favor, sr. Grovers.

Ele entrou. Não era grande coisa. Um metro e meio, setenta quilos, 38 anos, olhos verdes-cinza com um tique no esquerdo, bigodinho feio e amarelo, cabelo da mesma cor rareando no meio da cabeça redonda. Aproximou-se nas pontas dos pés e sentou-se.

Ficamos ali sentados nos observando. Foi só o que fizemos. Cinco minutos se passaram. Finalmente eu me enchi.

– Por que não diz alguma coisa, Grovers?

– Ela se chama Jeannie Nitro...

– Fale mais, sr. Grovers.

– Não vai rir de mim como a polícia?

– Ninguém ri como a polícia, sr. Grovers.

– Bem, ela é uma coisona... do espaço sideral.

– Por que quer se livrar de uma coisona?

– Tenho medo dela, controla a minha mente.

– Como assim?

– Tudo que ela manda eu tenho de fazer.

– Vamos dizer que ela mande você comer o seu cocô, você comia?

– Acho que comia...

– Grovers, você apenas levou uma surra de boceta. Tem muito homem assim.

– Não, são os truques que ela faz, apavorantes.

– Eu já vi todos os truques, Grovers, e mais alguns...

– Nunca viu ela surgir do nada nem atravessar o teto e desaparecer.

– Você está me enchendo, Grovers, isso é um monte de asneira.

– Não é, não, sr. Belane.

– Não é, não? De onde diabos você vem, Grovers? Fala como um caipira.

– E você não parece um detetive, sr. Belane.

– Hein? Como? Então pareço o quê?

– Bem, deixa ver, deixa eu pensar...

– Não demora muito, porra. Isto está lhe custando seis dólares por hora.

– Você parece... um bombeiro hidráulico.

– Um bombeiro? Um bombeiro. Legal. Como você passaria sem um bombeiro? Se lembra de alguém mais importante do que um bombeiro hidráulico?

– O presidente.

– O presidente? Aí é que você se engana. Se engana de novo. Cada vez que abre a boca, fala uma besteira!

– Eu não estou falando besteira.

– Está vendo, errado de novo!

Joguei fora o charuto e acendi um cigarro. O cara era um puro monte de bosta. Mas era um cliente. Fiquei olhando-o por um longo tempo. Era trabalho duro olhar para ele. Parei de olhar. Olhei acima de sua orelha esquerda.

– Tudo bem, que quer que eu faça? Com essa tal alienígena? Essa Jeannie Nitro?

– Dá um fim nela.

– Não sou matador, Grovers.

– Basta tirar ela da minha vida, de um modo ou de outro.

– Já fez sexo?

– Quer dizer hoje?

– Quero dizer *com ela.*

– Não.

– Tem o endereço dessa boneca? Telefone? Ocupação? Tatuagem? Hábitos? Algum hábito estranho?

– Só o último...

– Como assim?

– Varar o teto e coisas assim.

– Grovers, você é doido. Não precisa de mim, precisa de um analista.

– Já procurei analistas.

– E o que eles disseram?

– Nada, só que cobram mais de seis dólares por hora.

– Quanto cobram?

– Cento e setenta e cinco dólares por hora.

– Isso prova que você é doido.

– Por quê?

– Qualquer um que paga isso só pode ser doido.

Então a gente apenas ficou ali sentado olhando um para o outro. Parecia muito besta. Eu tentava pensar. As têmporas doíam.

Aí a porta se abriu de repente. E entrou a tal mulher.

Ora, tudo que posso dizer é que existem bilhões de mulheres no mundo, certo? Algumas bem vistosas. Muitas muito bonitas. Mas de vez em quando a natureza nos sai com um truque bestial, reúne todos os atributos numa mulher especial, uma mulher inacreditável. Quer dizer, a gente olha e não acredita. Tudo se move em perfeita ondulação, mercúrio, serpente, a gente vê umas cadeiras, um cotovelo, uns peitos, um joelho, e tudo se funde numa unidade gigantesca, um todo inesquecível, com aqueles olhos lindíssimos a sorrir, a boca meio descaída, os lábios imóveis como prontos para estourar numa gargalhada, pela sensação de impotência da gente. E elas sabem se vestir, e o cabelo longo incendeia o ar. Tudo demais, porra.

Grovers se levantou.

– Jeannie!

Ela entrou deslizando no aposento como uma artista de striptease em patins. Parou diante de nós, as paredes vibrando. Olhou para Grovers.

– Hal, o que está fazendo com esse detetive de segunda?

– Epa, guenta aí, sua puta! – eu disse.

– Bem, Jeannie, eu tenho um probleminha e achei que poderia procurar alguma ajuda.

– Ajuda? Pra quê?

– Não posso dizer. O gato comeu minha língua.

– Hal, você não tem problema enquanto tiver a mim. Posso fazer qualquer coisa melhor do que esse detetivezinho de segunda.

Eu me levantei. Agora estava em pé.

– É mesmo, sua galinha. Vamos ver você engolir um caralho duro de trinta centímetros.

– Porco machista!

Jeannie circulou um pouco pela sala, deixando-nos loucos. Aí se voltou. Olhou para Grovers.

– Vem cá, seu cachorro! Rasteje pelo chão até aqui! Já!

– *Não faça isso, Hal!* – gritei.

– Hum?

Ele rastejava pelo chão, para Jeannie. Foi se aproximando cada vez mais. Arrastou-se até os pés dela e parou.

– Agora – ela disse – lamba o bico dos meus sapatos.

Grovers obedeceu. Lambeu. E continuou. Jeannie olhou para mim, sorrindo com escárnio. Muito escárnio. Não consegui aguentar.

Saltei à frente.

– SUA PUTA NOJENTA! – gritei.

Desafivelei o cinto, tirei-o das calças, contornei a mesa com ele dobrado.

– Sua puta nojenta – disse – VOU BOTAR NO TEU RABO!

Corri para ela. O que me restava de alma vibrava de alegre excitação. Aquelas madeixas milagrosas queimavam em minha mente. O céu ficou de cabeça para baixo e tudo tremia.

– Larga esse cinto, seu bosta – ela disse, estalando os dedos.

O cinto caiu de minha mão. Fiquei paralisado.

Ela se voltou para Grovers.

– Vamos embora, seu tolinho. Levanta. Vamos sair deste lugar estúpido.

Grovers se levantou e seguiu-a até a porta, que se abriu, se fechou, e eles tinham ido embora. Eu não podia me mexer. A puta devia ter usado uma pistola de raios em mim. Eu ainda estava imobilizado. Quem sabe eu tinha escolhido a profissão errada? Depois de uns vinte minutos comecei a sentir um formigamento pelo corpo. Então percebi que podia mover as sobrancelhas. Depois a boca.

– Puta que pariu – disse.

E então o resto do corpo foi se soltando aos poucos. Finalmente dei um passo. Dois passos. Depois mais outros, rumo à mesa. Cheguei atrás dela. Abri uma gaveta. Encontrei uma garrafa de vodca. Desarrolhei. Tomei uma boa golada. Decidi dar o dia por encerrado e começar tudo de novo amanhã.

19

De novo no escritório, no dia seguinte, eu me sentia confuso. Não sabia quem eram os meus clientes, e que diabo. Decidi fazer alguma coisa. Tinha o número do escritório de Jack Bass. Liguei para ele.

– Alô – ele disse.

– Bass, aqui é Belane.

– Seu filho de uma puta.

– Vai devagar, Bass, eu sou faixa-preta.

– Vai precisar dela da próxima vez que invadir uma das minhas sessões de amor.

– Bass, eu só vi foi uma bunda pulando. Não sabia que era a sua até você se virar.

– E quem você achou que podia ser? Acha que algum cara vai comer ela na minha própria casa?

– Já aconteceu uma porrada de vezes.

– Quê?

– Não estou falando na sua casa, Bass.

– Então onde?

– Esquece.

– Esquece o quê?

– Quer dizer que não tem relação com o seu caso. Vamos ao que interessa.

– Quê?

– Você me quer ou não neste caso?

– Você não vai a lugar nenhum filmando meu rabo.

– Estou indo bem no seu caso, Jack.

– Como assim?

– Tenho uma pista.

– Quê?

– Tenho uma ligação.

– Pista? Ligação? De que está falando?

– Posso estabelecer uma ligação entre ela e um cara. Eu conheço ele. Um tipo suspeito. O que estão armando não é boa coisa.

– Já pegou eles juntos?

– Ainda não.

– Por que não?

– Estou indo devagar. Vou deixar que se enrolem sozinhos.

– Não pode pegar eles agora?

– Tenho de esperar o gongo.

– Quê?

– Tenho de dar um flagrante.

– Não sei se você sabe o que está fazendo, Belane.

– Eu sei exatamente o que estou fazendo. Vou flagrar ele assim que o gongo soar.

– Eu gostaria que você não falasse desse jeito.

– O mundo não é um jardim de infância, Jack. Estou tentando matar este caso.

– Matar?

– Quero botar no rabo dela. Você quer que eu bote no rabo dela, não quer?

– Basta me dar uma prova.

– Prova a gente faz na aula, Bass.

– Está perto de alguma coisa, Belane?

– Estou perto, sinto o cheiro, estou quente na pista. Conheço o cara. É francês. E você conhece os franceses, não é?

– Não, o que têm os franceses?

– Se você não sabe, Bass, eu não posso lhe dizer. Não tenho o dia todo. Você quer ou não que eu prossiga na porra do caso?

– Você diz que está perto?

– Estou quase em cima dos dois.

– Quê?

– Quer que eu fique ou não, Bass? Vou contar até cinco. Um, dois, três, quatro...

– Tudo certo, tudo certo, continue.

– Joia, Bass. Agora um detalhe...

– Quê?

– Vou precisar de um mês de adiantamento.

– Um mês, eu pensava que você estava quente.

– Preciso preparar a armadilha. Preciso preparar as coisas. Tenho de ter certeza. Quando o gongo soar...

– Tudo certo, o cheque está indo.

Ele bateu o telefone. Agiu como um cara apaixonado. Que babaca...

Em seguida liguei para Grovers. Ele tinha me dado o telefone do trabalho. O telefone tocou três vezes, ele atendeu.

– Alô – disse – aqui é da Funerária Silver Haven.

– Cristo rei – eu disse.

– Quê? – ele perguntou.

– Grovers, você brinca com presuntos.

– Quê? – ele perguntou.

– Presuntos. Defuntos. Aqui é Nick Belane.

– Que deseja, sr. Belane?

– Estou trabalhando no caso da alienígena, sr. Grovers.

– Sim, eu me lembro.
– Diga uma coisa, Hal, por que faz isso?
– Como assim?
– Brincar com os mortos. Por quê? Por quê?
– É minha profissão. A gente tem de ganhar a vida.
– Mas brincar com presuntos? É meio esquisito. Doentio. Você drena o sangue? O que você faz com o sangue drenado?
– Tenho um funcionário, Billy French, pra fazer isso.
– Ponha ele na linha, preciso falar com ele.
– Saiu pra almoçar.
– Quer dizer que ele come?
– Sim.
Parei. Inspirei, expirei. Aí falei:
– Olha aí, Grovers, quer que eu prossiga no caso?
– Quer dizer, de Jeannie Nitro?
– É claro. Você tem outras donas do espaço além dela?
– Não.
– Bem, quer que eu tire ela do seu pé?
– É claro. Mas você acha que pode? Parece que ficou paradão na única vez que se encontrou com ela.
– Grovers, até Ted Williams ficou paradão uma vez ou outra. Vou dar um jeito naquela puta de um modo que você nunca mais a verá de novo.
– Não acho que seja uma puta, sr. Belane.
– É um modo de falar. Sem ofensa para a boneca.
– Acha que pode fazer alguma coisa a respeito dela?
– Agora mesmo que a gente está falando, Grovers, eu estou trabalhando numa ligação, numa conexão.
– Como assim?
– Não posso dizer agora. Mas o fato de você brincar com defuntos e ela ser uma alienígena é uma conexão, uma ligação.
– Que quer dizer, sr. Belane?

– Não posso dizer ainda. Mas andei consultando um especialista no assunto. Ele escreveu um livro sobre alienígenas e pediu mais informações a seu respeito.

– Está certo. O que deseja saber?

– Espera aí. Antes de investir mais tempo neste caso, preciso de outro cheque. Duas semanas adiantadas.

– Acha que pode fazer alguma coisa?

– Porra, acabei de lhe dizer. Estou ligado direto neste assunto.

– Está certo, sr. Belane, vou pôr um cheque no correio ainda hoje. Duas semanas.

– É um homem sábio, sr. Grovers.

– É.

– Ah, sr. Belane, Billy French acaba de voltar do almoço. Quer falar com ele?

– Não, mas pergunte o que ele comeu no almoço.

– Um instante...

Esperei. Ele voltou.

– Ele disse que foi rosbife com purê de batatas.

– Isso é nojento!

– O quê?

– Preciso sair, sr. Grovers.

– Mas eu pensei que você queria mais informações sobre mim.

– Eu lhe mando um questionário.

Desliguei e pus os pés em cima da mesa. Tudo entrava na linha de novo. Eu estava ali. Nick Belane, detetive. Mas ainda tinha de solucionar o caso do Pardal Vermelho. E depois havia Celine e Dona Morte. Sempre Dona Morte.

E agora a puta.

Quer dizer, como é que eu ia chamá-la?

20

Eu precisava pensar naquilo. Precisava pensar em tudo aquilo. De certa forma, tudo se ligava: espaço, morte, pardal, defuntos, Celine, Cindy, Bass. Mas eu não conseguia exatamente encaixar as peças. Ainda não. Minhas têmporas começaram a latejar. Eu precisava sair dali.

As paredes do escritório não tinham respostas. Eu estava pirando, começava a me ver na cama com Dona Morte, Cindy e Jeanne Nitro, todas juntas. Tudo demais. Botei o chapéu e saí.

Acabei no hipódromo. Hollywood Park. Não havia cavalos ao vivo. Estavam em Oak Tree. As corridas eram transmitidas e o pessoal apostava como de costume.

Peguei a escada rolante para subir. O cara atrás de mim esbarrou no meu bolso de trás.

– Oh, desculpe – ele disse –, perdão.

Eu sempre levava a carteira no bolso esquerdo da frente. A gente aprendia, ora se aprendia. Depois de certo tempo.

Passei pelo Turf Club. Dei uma olhada. Apenas um bando de velhos. Com grana. Como conseguiam? E de quanto se precisava? Todos nós morríamos falidos, e a maioria vivia assim. É um jogo debilitante. Só calçar os sapatos pela manhã já era uma vitória.

Empurrei a porta e entrei na área do clube. E lá estava o carteiro tomando um café. Me aproximei dele.

– Quem deixou você entrar? – perguntei.

O rosto dele parecia deformado. Inchado.

– Belane – disse –, eu vou te matar.

– Não devia beber café – eu disse. – Vai ficar acordado de noite.

– Vou apagar você, Belane, está com os dias contados.

– Qual é o seu palpite no primeiro páreo?

– *Dog Ears.*

– Aqui – dei-lhe um maço de notas – tenha sorte.

– Opa, obrigado, Belane!

– Esquece – eu disse e me afastei.

Sempre havia alguma coisa querendo pegar a gente. Não dava folga. Sem descanso, nunca.

Fui até a lanchonete, pedi um café duplo.

– Qual é seu palpite no primeiro páreo, Belane? – perguntou a garçonete.

– Não posso dizer, senão você reduz as cotações a nada.

– Obrigada, bundão – ela disse.

Peguei a gorjeta de volta no balcão e botei no bolso. Encontrei um lugar perto do telão, sentei-me e abri o *Programa do Turfe.* Então ouvi uma voz atrás.

– Aqueles dois dólares não vão tirar você da lama, Belane, você está acabado.

Era o carteiro. Eu me levantei e me voltei.

– Então me devolva a porra dos dois dólares!

– Sem essa, cara!

– Vou estourar a porra do teu saco! – eu disse.

Ele sorriu e se aproximou de mim. Senti a ponta da lâmina nas tripas. Só a ponta, ele cobrira o resto com os dedos.

– Tenho vinte centímetros aqui e gostaria de enfiar nas suas tripas estúpidas e cheias de banha.

– Por que não está trabalhando hoje? Quem diabos está entregando a correspondência?

– Calado! Estou tentando decidir se te mato ou não.

– Amigão, tenho dez dólares aqui pra você apostar em *Dog Ears.*

– Quanto?

– Vinte.

– Quanto?

– Cinquenta.

– Certo, tire a carteira, puxe uma nota de cinquenta e enfie no bolso de minha camisa.

Eu sentia o suor escorrendo atrás das orelhas. Tirei a carteira do bolso dianteiro esquerdo, enfiei no bolso da camisa dele. Senti a lâmina se afastando.

– Agora senta aí, abre o *Programa* e começa a ler.

Assim fiz. Então senti a ponta da faca no pescoço.

– Se sinta com sorte – ele disse.

E saiu.

Fiquei sentado e terminei o meu café. Então me levantei e fui embora. Desci pela escada rolante, cheguei ao estacionamento, abri meu carro e saí dali. Tem dias que não tem jeito. Fui de carro até Hollywood, estacionei em qualquer lugar e entrei num cinema. Comprei pipocas e um refrigerante e me sentei. O filme passou mas eu nem olhei. Apenas comi as pipocas e tomei o refrigerante. E fiquei imaginando se *Dog Ears* tinha chegado na frente.

21

Não consegui dormir nessa noite. Tomei vinho, vodca, não adiantou nada.

Não conseguira resolver coisa alguma. Todos os meus casos latentes. Meu pai me dissera que eu seria um fracasso. Ele também era um fracasso. Semente ruim.

Liguei a televisão. Tinha uma no quarto. Apareceu uma moça me dizendo que ia falar comigo e eu ia me sentir bem. Eu só precisava de um cartão de crédito. Decidi que não. Então a cara da mulher desapareceu do vídeo e agora era Jeannie Nitro.

– Belane – ela disse –, não quero você metido nos meus negócios.

– Quê? – perguntei.

Ela repetiu a frase e desliguei a televisão. Botei mais uma vodca, pura. Apaguei as luzes e me sentei na cama, no escuro. Tomei um gole da vodca.

Então ouvi uma sirene, parecendo uma multidão de abelhas em volta de uma colmeia assanhada. Então houve um clarão roxo e Jeannie Nitro ali estava. Fiquei morto de medo.

– Dei um susto em você, Belane?

– Com os diabos, não – respondi. – Você não tem modos? Não bate antes de entrar?

Jeannie Nitro olhou em torno.

– Está precisando de uma arrumadeira – disse. – Este lugar é um chiqueiro.

Tomei minha vodca, joguei o copo para o lado.

– Não se incomode com isso. Vou botar no teu rabo.

– Pra um detetive, são necessárias três coisas.

– Quais?

– Vontade, direção e detecção.

– É? Bem, eu manjo seu jogo, gostosa.

– É mesmo?

– Está sugando o sangue de Grovers porque ele é papa-defunto e você precisa dos cadáveres para abrigar seus amigos alienígenas.

Ela se sentou na cadeira, pegou um dos meus cigarros, acendeu-o e riu.

– Eu pareço um cadáver?

– Não exatamente.

– Nós podemos criar nossos próprios corpos. Veja!

De novo o som da sirene, um clarão roxo, e no canto do quarto apareceu outra Jeannie Nitro. De pé junto do meu vaso de plantas.

– Oi, Belane – ela disse.

– Oi, Belane – disse a Jeanne Nitro sentada na cadeira.

– Ei – eu disse –, você pode estar em dois corpos ao mesmo tempo?

– Não – disse a Jeannie Nitro sentada na cadeira.

– Mas – disse a Jeannie Nitro perto do vaso de plantas – podemos saltar de um corpo para outro.

Saí da cama para pegar meu copo e servir outra vodca.

– Você dorme de cueca – disse uma Jeannie Nitro.

– Que nojo – disse a outra.

Voltei para a cama e me recostei no travesseiro.

De novo o barulho da sirene, o clarão roxo, e a Jeannie do vaso de plantas desapareceu. Olhei para a outra na cadeira.

– Olhe aqui – disse –, Grovers me contratou pra tirar você do pé dele, e é isso o que eu pretendo fazer.

– Você fala grosso pra um homem cujo talento beira o zero.

– É mesmo? Mas já resolvi casos mais difíceis que o seu!

– Verdade? Me fale deles.

– Todos os meus arquivos são confidenciais.

– Confidenciais ou inexistentes?

– Não me enche, Jeannie, senão eu...

– Você o quê?

– Eu... – levei o copo à boca. De repente, minha mão se paralisou a dez centímetros da boca. Eu não podia me mover.

– Você é de terceira, Belane. Não brinque comigo. E estou sendo boazinha agora. Sinta-se com muita sorte.

Sinta-se com sorte? Era a segunda vez que eu ouvia aquilo em doze horas.

De novo a sirene, o clarão roxo, e Jeannie Nitro desapa-recera.

Fiquei sentado na cama, sem poder me mexer, o copo ainda a dez centímetros dos lábios. Fiquei ali esperando. Tinha tempo de pensar na minha carreira. Talvez estivesse na profissão errada. Mas era tarde demais para começar qualquer outra coisa.

Fiquei sentado ali à espera. Cerca de dez minutos depois, senti um formigamento em todo o corpo. Pude mexer um pouco as mãos. Depois mais um pouco. Levei a vodca aos lábios, consegui mover a cabeça e esvaziei o copo. Joguei-o no chão, me estendi na cama e fiquei de novo esperando o sono. Ouvi barulho de tiros lá fora e percebi que estava tudo bem com o mundo. Em cinco minutos, dormia como todo mundo.

22

Acordei deprimido. Fiquei olhando para o teto, as rachaduras do teto. Vi um búfalo saltando alguma coisa. Acho que era eu. Aí vi uma serpente com um rato na boca. O sol aparecia nas frestas da persiana e formava uma suástica em minha barriga. A bunda coçava. Estariam voltando as hemorroidas? O pescoço duro, a boca com gosto de leite talhado.

Levantei-me e fui ao banheiro. Me dava raiva olhar o espelho, mas olhei assim mesmo. Vi depressão e derrota. Bolsas escuras caídas sob os olhos. Olhinhos covardes, os olhos do rato acuado pelo puto do gato. A pele parecia que nem tentava. Que odiava fazer parte de mim. As sobrancelhas caíam retorcidas, pareciam dementes, dementes pelos de sobrancelhas. Horrível. Uma aparência repugnante. E eu não estava nem querendo evacuar. Todo entupido. Fui à privada mijar. Fiz pontaria corretamente, mas saiu de lado e molhou o chão. Tentei mudar a pontaria, mas acabei molhando a tampa da privada, que esquecera de levantar. Puxei um pouco de papel higiênico e passei no lugar. Limpei a tampa. Joguei o papel dentro e dei descarga. Fui até a janela e vi um gato cagando no telhado ao lado. Aí voltei ao banheiro, peguei a escova de dentes, apertei a bisnaga. Saiu demais. Oscilou sobre a escova e caiu na pia. Era verde. Parecia uma lombriga verde. Meti o dedo nela, pus na escova e comecei a escovar. Dentes. Que coisa da porra. Tínhamos de comer. E comer e comer de novo. Éramos todos repugnantes, condenados aos nossos trabalhinhos sujos. Comer e peidar e se coçar e sorrir e festejar nos feriados.

Terminei de escovar os dentes e voltei para a cama. Não me sobravam forças, não estava inspirado. Era um percevejo de pregar, um pedaço de linóleo.

Decidi ficar na cama até o meio-dia. Talvez então a metade do mundo estivesse morta e ele seria metade menos difícil de enfrentar. Talvez quando eu me levantasse de tarde tivesse uma aparência melhor, me sentisse melhor. Uma vez conheci um cara que ficou dias sem defecar. Acabou explodindo. De verdade. A merda saiu voando da barriga.

Aí o telefone tocou. Deixei tocar. Nunca atendia ao telefone na parte da manhã. Tocou cinco vezes e parou. Eu estava sozinho comigo mesmo. E, por mais repugnante que fosse, era melhor que estar com alguém, qualquer um, todos lá fora fazendo seus pequenos truques e piruetas. Puxei as cobertas até o pescoço e esperei.

23

Cheguei ao Hipódromo a tempo para o quarto páreo.

Tinha de ir a algum lugar. Todas as minhas pistas estavam paradas. Tirei a lista. Tinha escrito:

1. Descobrir se Celine é Celine. Informar Dona Morte do resultado.
2. Localizar o Pardal Vermelho.
3. Descobrir se Cindy anda trepando por aí, pelas costas de Bass. Se positivo, botar no rabo dela.
4. Tirar a alienígena do pé de Grovers.

Dobrei a lista e repus no bolso. Abri o *Programa.* Os cavalos saíam na raia para o quarto páreo. Era um dia quente e agradável. Tudo parecia num estado de sonho. Então ouvi um barulho atrás de mim. Tinha alguém sentado atrás. Me virei. Era Celine. Ele me deu um sorriso.

– Lindo dia – disse.

– Que diabos está fazendo aqui? – perguntei.

– Paguei o ingresso. Não me fizeram perguntas – disse Celine.

– Está me seguindo, seu filho da puta? – perguntei.

– Eu ia lhe perguntar a mesma coisa – ele disse.

– Tem um monte de coisas que eu não entendo – eu disse.

– Nem eu – ele disse.

Então passou por cima do banco e sentou-se a meu lado.

– Vamos conversar – disse.

– Claro – eu disse. – Antes de tudo, qual é o seu nome? Seu nome verdadeiro?

Senti o cano curto de um revólver no meu lado. Ele o segurava dentro do sobretudo.

– Tem porte pra essa coisa? – perguntei.

– Sou eu quem faz as perguntas aqui – ele disse, me cutucando com a arma.

– Manda – eu disse.

– Quem botou você na minha campana?

– Dona Morte.

– Dona Morte – ele riu. – Não me venha com cascata.

– Não é cascata. É o nome dela. Dona Morte.

– Alguma doida, hein?

– Talvez.

– Onde é que posso encontrar essa puta?

– Não sei, ela é que procura.

– Acha que vou comprar esse peixe?

– Não sei, mas é o que tenho pra vender.

– Que é que ela quer?

– Saber se você é o Celine verdadeiro.

– É mesmo?

– É mesmo.

– Qual é seu palpite para este páreo? – perguntou ele.

– *Green Moon* – respondi.

– *Green Moon?* É a minha escolha.

– Tudo bem – eu disse –, me deixa ir apostar. Volto logo.

Comecei a me levantar.

– Senta aí – ele disse – antes que eu arrebente os seus colhões.

Eu me sentei.

– Agora – ele disse. – Quero esta mulher longe do meu rabo. Também quero o nome verdadeiro dela. Não vou engolir essa coisa de Dona Morte. E quero você muito ocupado nesse assunto. De fato, começando agora.

– Mas *ela* é que é minha cliente. Como é que você pode ser meu cliente?

– Te vira, gordinho.

– Gordinho?

– Tem banha sobrando nas tripas.

– Sobrando ou não, se vou trabalhar pra você, eu cobro e não cobro barato.

– Diga aí.

– Seis dólares a hora.

Ele meteu a mão no bolso e tirou um rolo de notas. Jogou-o na frente de minha camisa.

– Tem aí um mês adiantado.

Aí ouviu-se um rugido na multidão. Os cavalos estavam na reta de chegada, e quem vinha na frente, com três corpos de dianteira? E quem ganhou com um placê de quatro? *Green Moon* ganhou tudo.

– Merda – eu disse. – Você me custou uma aposta ganha. *Green Moon* levou tudo.

– Cala a boca – ele disse. – Cuide do meu caso.

– Tudo certo, tudo certo – eu disse. – Onde posso lhe chamar?

– Aqui tem meu número – ele disse, me passando um pedacinho de papel.

Então se levantou, saiu por entre as cadeiras e desapareceu.

Eu sabia que estava metido numa coisa grande, mas não conseguia destrinchar. Bem, tinha de trabalhar, só isso.

Abri o *Programa* e verifiquei o quinto páreo.

24

No dia seguinte, fui à Funerária Silver Haven dar uma olhada. Bom negócio – sem épocas de crise. Estacionei na frente e entrei. Lugar bacana. Salões bem cuidados. Tapetes espessos, sujos. Fui pelo lado até outro grande salão. Cheio de caixões de defunto. Grandes, pequenos, gordos, magros. Algumas pessoas compravam os caixões antes do tempo. Eu, não. Que se dane.

Não parecia haver ninguém. Eu podia roubar um caixão. Amarrar no carro e ir embora. Onde andava Grovers? Onde andava todo mundo?

Aí fiquei curioso, e a curiosidade piorou. Então a satisfiz. Abri um caixão e olhei. DEI UM GRITO. E bati a tampa.

Tinha uma mulher nua dentro. Jovem, bonitona, mas morta. Uau!

Hal Grovers chegou correndo.

– BELANE, O QUE ESTÁ FAZENDO?

– FAZENDO? FAZENDO? QUE QUER DIZER? ONDE DIABOS ANDOU VOCÊ, GROVERS?

– NO BANHEIRO. POR QUE ESTÁ GRITANDO?

Apontei.

– TEM UM PRESUNTO NESSE CAIXÃO AÍ! UM MULHERÃO! UNS PEITÕES!

Grovers foi até o caixão e abriu a tampa.

– Não tem nenhum cadáver aqui, sr. Belane.

– Como?

Fui até o caixão e olhei. Estava vazio.

Girei e agarrei Grovers pela lapela.

– Não me pregue peça, garotão! Eu vi! Eu vi a boceta! Uma jovem boneca morta. Está brincando comigo? Você e... Billy French, o sanguessuga. Eu não sou um homem pra se brincar, Grovers!

– Ninguém está brincando com você, Belane, você está tendo alucinações.

Larguei sua lapela.

– Desculpe – disse –, eu devia saber.

– Saber o quê?

– É Jeannie Nitro. Ela está brincando com minha mente. Sabe que estou tratando do seu caso.

– Não tenho visto ela recentemente. Talvez tenha ido embora.

– Não foi. Está esperando, Grovers.

– Esperando o quê?

– Ainda não sei.

Girei nos calcanhares e olhei em torno.

– Grovers, rápido, quantos mortos você tem aqui agora?

– Nós preparamos dois. Estão no salão de repouso.

– Preciso vê-los!

– Como?

– Você quer ou não quer resolver este caso?

– Eu quero... resolver.

– Então eu preciso ver esses dois defuntos.

– Por quê?

– Se eu disser, você nunca vai acreditar.

– Que quer dizer com isso?

– Esquece. Agora me deixa dar uma espiada.

– Isso é muito irregular.

– Vamos lá, vamos lá!

– Muito bem. Siga-me...

Fomos para o salão de repouso. Superprimeira classe. Escuro. Velas acesas. Havia três caixões.

– Tudo bem. Me deixa ver – eu disse.

– Pode por favor me dizer por quê?

– Jeannie Nitro deseja hospedar seus alienígenas espaciais nestes cadáveres. Dar uma concha a eles, um esconderijo. Uma carapaça, sabe, como a de uma tartaruga. Nitro está por aí, à espera desses corpos.

– Mas aí só tem restos mortais, em estado de decomposição. Além disso, vamos enterrá-los. Como é que eles podem usá-los?

– Os alienígenas se escondem nos cadáveres até que eles sejam enterrados, depois pegam outros cadáveres.

– Mas se querem se esconder, por que usariam restos mortais? Por que não se esconderiam em tanques ou cavernas, coisas assim? Por que não usariam corpos vivos?

– Seu idiota, os corpos vivos reagiriam à presença deles. Abra esses caixões, Grovers! Acho que eles estão aí agora!

– Belane, você está doido!

– Vamos lá, abra!

Grovers abriu o primeiro caixão. Um ótimo caixão de mogno. Tinha um cara lá dentro, cerca de 38 anos, cabelo vermelho encaracolado, vestindo uma roupa barata.

Eu me voltei e olhei para Grovers.

– Um deles está nesse aí agora mesmo.

– Como é que você sabe?

– Acabei de ver ele se mexer!

– O quê?

– Eu vi ele se mexendo!

Me aproximei, agarrei o homem pelo pescoço.

– Vamos lá, vamos lá! Dá o fora daí! Sei que você está aí dentro!

Enquanto eu balançava a cabeça, a boca se abriu um pouco e cuspiu um algodão branco.

Dei um pulo para trás.

– MERDA, QUE FOI ISSO?

Grovers soltou um gemido.

– Belane, eu trabalhei uma hora inteira maquiando o rosto dele, fazendo parecer saudável. Agora está todo amarrotado de novo! Tenho de fazer tudo de novo!

– Desculpe, eu não percebi. Mas acho que estamos perto. Abra outro caixão! Por favor!

– Abra você. Isto é realmente repugnante. Eu nem sei por que estou deixando você fazer isto. Eu devo estar doido.

Eu fui e abri um caixão de pinho. Olhei. E continuei olhando. Não dava para acreditar.

– Isso é alguma brincadeira, Grovers? Com isso não se brinca. Não tem a menor graça!

A figura esticada no caixão era eu. O caixão estava revestido de veludo e eu tinha um sorriso de cera. Usava um terno amarrotado marrom-escuro e tinha as mãos cruzadas sobre o peito, segurando um cravo branco.

Me voltei e encarei Grovers.

– Que diabos está acontecendo aqui, garotão? Onde arranjou este aqui?

– Oh, é o sr. Andrew Douglas, morreu subitamente de um ataque do coração. Foi líder comunitário por várias décadas.

– Merda, Grovers. Aquele presunto ali sou eu! *Eu*!

– Mas isso não faz sentido – disse Grovers.

Ele se aproximou e olhou o defunto.

– É o sr. Douglas.

Eu me aproximei e olhei. Era um cara de cabelos brancos, setenta ou oitenta anos. Parecia estar bem. Maçãs do rosto maquiadas, um toque de batom na boca. A pele brilhava como se tivesse sido encerada. Mas não era eu.

– É a Jeannie Nitro – eu disse. – Está nos fodendo.

– Acho o senhor um homem muito confuso, sr. Belane.

– Cala a boca – mandei.

Eu precisava pensar. De algum modo tinha uma lógica. Tinha de se encaixar.

Nesse momento, outro homem entrou e ficou na porta.

– O corpo está pronto, Hal.

– Obrigado, Billy. Pode ir embora.

Billy French girou e foi-se embora.

– Nossa mãe, Grovers, ele não lava as mãos?

– Que está dizendo?

– Vi manchas vermelhas nas mãos dele.

– Não faz sentido.

– Eu vi vermelho.

– Sr. Belane, se incomoda de olhar neste terceiro caixão? Apesar de estar vazio. Um cavalheiro o escolheu antecipadamente.

Eu me voltei e olhei o caixão.

– Ele está aí *dentro*, Grovers?

– Não, o cavalheiro ainda está vivo. É uma escolha antecipada. Nós damos um desconto de dez por cento nas escolhas antecipadas. Gostaria de escolher um? Temos uma variedade de primeira linha.

– Obrigado, Grovers, tenho um encontro em outro lugar... eu lhe telefono.

Dei meia-volta e saí pela porta, atravessei o salão e respirei o ar puro, limpo. Qualquer filho da puta que escolhe o seu próprio caixão é o mesmo filho da puta que toca punheta seis vezes por semana.

Entrei no meu Fusca, liguei e entrei no tráfego. Um Cara numa caminhonete achou que eu lhe dera uma fechada. Me mostrou o dedo estendido. Eu lhe devolvi o gesto.

Começava a chover. Levantei a janela do lado direito e liguei o rádio.

25

Tomei o elevador até o sexto andar. O psiquiatra chamava-se Seymour Dundee. Empurrei a porta e vi a sala de espera cheia de doidos. Um cara lia um jornal segurando-o de cabeça para baixo. A maioria dos demais, homens e mulheres, se sentava quieta. Nem pareciam respirar. Havia um ambiente pesado, negro, na sala. Assinei uma ficha na recepção e me sentei. O cara a meu lado usava um sapato marrom e outro preto.

– Ei, amigão – ele disse.

– Sim – respondi.

– Tem troco pra um tostão?

– Não – respondi –, hoje não.

– Amanhã talvez – ele continuou.

– Talvez amanhã – eu disse.

– Mas talvez amanhã eu não te encontre – ele reclamou.

Espero que não, pensei.

Esperamos e esperamos. Todos nós. Não saberia o analista que a espera é uma das coisas que faziam as pessoas ficarem loucas? Esperavam para viver, esperavam para morrer. Esperavam para comprar papel higiênico. Esperavam na fila para pegar dinheiro. E, se não tinham dinheiro, precisavam esperar em filas mais longas. A gente tinha de esperar para dormir e esperar para acordar. Tinha de esperar para se casar e para se divorciar. Esperar pela chuva e esperar pelo sol. Esperar para comer e esperar para comer de novo. A gente tinha de esperar na sala de espera do analista com um monte de doidos, e começava a pensar se não estava ficando doido também.

Devo ter esperado tanto que dormi e fui acordado pela recepcionista, que me sacudia, dizendo:

– Sr. Belane, sr. Belane, o senhor é o próximo.

Era uma mulher velha e feia, mais feia do que eu. Me assustou, com o rosto tão próximo do meu. A morte deve ser assim, pensei, como essa velha.

– Doçura – eu disse –, estou pronto.

– Siga-me – ela disse.

Atravessei o escritório e a segui por um corredor. Ela abriu uma porta e aí eu me vi sentado com um tipo muito satisfeito de si atrás de uma mesa, camisa verde-escura, suéter laranja desabotoado. Óculos escuros, fumando um cigarro com piteira.

– Sente-se – ele indicou uma cadeira.

A recepcionista fechou a porta e desapareceu.

Dundee começou a desenhar com a caneta num papel. Olhando para o papel, disse:

– Isto vai lhe custar 160 dólares.

– Vai te foder – eu disse.

Ele me olhou e disse:

– Ha, é assim?

Desenhou mais um pouco, depois me disse:

– Por que veio aqui?

– Não sei por onde começar.

– Comece contando de dez para trás.

– Vai foder tua mãe – eu disse.

– Ha – disse Dundee. – Você teve relações com a sua?

– De que tipo? Vocal? Espiritual? Esclareça.

– Você sabe o que eu quero dizer.

– Não, não sei.

Ele formou um buraco redondo com o polegar e o indicador da mão esquerda e enfiou o indicador da mão direita, repetindo o movimento.

– Assim – disse. – Hummm...

– Sim – disse eu –, eu me lembro que um dia ela ergueu a mão assim e eu fiz isso aí com o dedo.

– Veio aqui pra me gozar? – perguntou Dundee. – Não brinque comigo.

Eu me curvei sobre a mesa dele.

– Você tem sorte, amigão, que eu só estou brincando.

– Oh – ele se inclinou para trás na poltrona. – É mesmo?

– É, garotão, não brinque comigo, eu não serei responsabilizado.

– Por favor, sr. Belane, o que deseja?

Dei um murro com o punho no centro da mesa.

– FODA-SE, EU PRECISO DE AJUDA!

– É claro, sr. Belane, como o senhor me foi indicado?

– Páginas amarelas.

– Páginas amarelas? Eu não estou nas páginas amarelas.

– Está, sim. Seymour Dundee, psiquiatra, Edifício Garner, sala 604.

– Esta sala é a 605. Eu sou Samuel Dillon, advogado. O senhor Dundee é na porta ao lado. Receio que o senhor tenha cometido um erro.

Eu me levantei e sorri.

– Agora é você que está me gozando, Dundee, tentando ir à forra. Se pensa que pode ser mais vivo do que eu, tem titica de galinha na cabeça.

Eu estava ali para esclarecer o assunto de Celine, do Pardal Vermelho, Dona Morte, Alienígenas, Sam e Cindy Bass, se eram verdadeiros ou se eu de fato estava tendo problemas mentais. Quer dizer, nada daquilo fazia sentido. Eu saíra da realidade? E aonde estava indo, e por quê?

O cara que se chamava Samuel Dillon apertou uma campainha na mesa, e logo a recepcionista voltou. Ela ficou ali parada, mais feia do que eu. Nada havia mudado.

– Molly – ele disse –, por favor acompanhe esse cavalheiro até a porta ao lado, no escritório do sr. Dundee. Obrigado.

Eu a segui até a sala e no corredor, onde ela abriu a porta do número 604 e me sussurrou:

– Se manca, babaca...

Entrei em outra sala de espera lotada. A primeira coisa que vi foi o cara com um sapato marrom e outro preto que tinha me pedido troco para um tostão. Ele me viu.

– Ei, senhor... – disse.

Eu me aproximei dele.

– Aconteceu com você também, hein? – ele perguntou.

– O quê?

– He, he... entrou na porta errada... entrou na porta errada...

Eu me virei e saí dali, desci o elevador. Então esperei que chegasse ao primeiro andar. Esperei a porta abrir. Saí no corredor e desci até a rua, onde encontrei o meu carro. Entrei. Dei a partida. Esperei esquentar. Cheguei a um sinal. Vermelho. Apertei o isqueiro do carro e esperei. O sinal ficou verde, o isqueiro pulou fora e acendi o cigarro dirigindo. Era melhor voltar para o escritório. Tinha a impressão de que alguém estava me esperando.

26

Estava errado. Não tinha ninguém no escritório. Dei a volta e me sentei atrás da minha mesa.

Me sentia estranho. Muitas coisas não faziam sentido. Quer dizer, no escritório do advogado, por que aquele homem lia o jornal de cabeça para baixo? O lugar dele era no consultório do psiquiatra. Ou talvez só as páginas externas do jornal estivessem invertidas, e ele lia as páginas internas direito. E onde estava o Pardal Vermelho? Eu tinha coisas demais para resolver. Levantar-se da cama pela manhã era o mesmo que encarar as paredes lisas do universo. Devia ir a um bar de striptease e enfiar uma nota de cinco dólares numa tanga? Tentar esquecer tudo. Talvez eu devesse ir a uma luta de boxe e ver dois caras se arrebentando.

Mas as encrencas e a dor é que mantêm a gente vivo. Um trabalho de tempo integral. E às vezes nem dormindo dá para descansar. No meu último sono, eu me via embaixo de um elefante, não podia me mexer e ele soltava um dos maiores cagalhões que eu já vira, já ia cair, e aí meu gato, Hamburger, passou por cima da minha cabeça e eu acordei. Se a gente contar esse sonho a um psiquiatra, ele vai tirar uma conclusão horrível. Pois se a gente lhe paga os tubos, ele vai dar um jeito para que a gente se sinta mal. Vai dizer à gente que o cagalhão é um pênis e que a gente está ou assustado ou que deseja aquilo, alguma merda deste tipo. O que ele quer dizer é que *ele* está assustado, ou que ele deseja o pênis. É só um sonho sobre um grande cagalhão de elefante, nada mais. Às vezes as coisas são apenas o que parecem ser, sem nada demais. O melhor intérprete de um sonho é o próprio sonhador. Guarde o seu dinheiro no bolso. Ou aposte num bom cavalo.

Tomei um trago de saquê, frio. As orelhas saltaram e eu me senti um pouco melhor. Sentia o cérebro começando a pegar. Ainda não morrera, só estava em estado de rápida decomposição. Quem não estava? Estávamos todos na mesma canoa furada, tentando nos alegrar. Como, por exemplo, no Natal. É, tira essa merda toda daqui. O homem que inventou isso nunca teve que carregar excesso de bagagem. O resto de nós tem de jogar fora todo o seu lixo só para saber onde está. Bem, não onde estamos, mas onde não estamos. Quanto mais porcaria a gente joga fora, mais encontra para jogar. Tudo funcionava ao contrário. Ande para trás que o nirvana lhe salta no colo. Claro.

Tomei outro gole de saquê. Estava dando a volta. Na curva. Soltando os bagos. Eu era Nick Belane, superdetetive.

Aí o telefone tocou. Peguei o fone do mesmo jeito que uma pessoa normal pegaria. Bem, nem tanto. Às vezes um telefone me fazia recordar um cagalhão de elefante. Sabe como é, toda aquela merda que a gente ouve. Um telefone é um telefone, mas o que chega através dele é outra coisa.

– Você é um filósofo medíocre – disse Dona Morte.

– Para mim – respondi – eu sou perfeito.

– A gente vive de ilusões – ela disse.

– Por que não? – sugeri. – Que é que existe mais por aí?

– O fim das ilusões – ela disse.

– Bem, que inferno – eu disse.

– Inferno pra você mesmo – disse Dona Morte. – O que está acontecendo com o caso Celine?

– Gostosa, já bolei tudo.

– Me dá a dica, fofinho.

– Quero que você se encontre comigo no Musso's, amanhã de tarde, às duas e meia.

– Tudo bem. Mas é melhor trazer alguma coisa. Vai trazer?

– Gostosa, eu não tenho nenhuma dica.

– Que é isso?

– Desculpe. Eu quero dizer, não tenho nenhuma dica na *mão.*

– É melhor ter alguma coisa palpável...

– Aposto minha vida nisso... – eu disse.

– Foi o que acabou de fazer – disse Dona Morte, desligando.

Pus o telefone no gancho, fiquei olhando para ele. Peguei um charuto velho no cinzeiro, acendi, me engasguei.

Aí peguei o telefone e toquei o número do telefone de Celine.

Tocou quatro vezes. Então ouvi a voz dele.

– Sim?

– O senhor ganhou uma caixa redonda de um quilo de cerejas cobertas com chocolate e uma viagem grátis para Roma.

– Seja quem for, não vem me foder.

– Aqui é Nick Belane.

– Aceito os chocolates.

– Quero que você me encontre no Musso's, amanhã, às duas e meia da tarde.

– Por quê?

– Apenas apareça, caro francês, e seus problemas se resolverão.

– Está pagando?

– Sim.

– Estarei lá...

Desligou.

Ninguém se despedia mais. Não em nosso mundo.

Fiquei encarando o saquê.

Depois avancei nele.

27

Eram duas e quinze da tarde. Eu estava segurando uma mesa no Musso's. Tinha uma vodca-7 na minha frente. Celine e Dona Morte iam se conhecer. Dois dos meus clientes. Os negócios andavam bem, apenas sem rumo. O cara da mesa em frente continuava a me encarar. Tem gente que fica encarando, sabe, feito uma vaca. Eles nem sabem por que estão encarando. Tomei um gole de minha vodca, botei na mesa, olhei em torno. O cara continuava encarando. Vou dar dois minutos a ele, pensei, e se não parar vou estourar os bagos dele.

Cheguei há um minuto e 45 segundos, e aí o cara se levantou e veio à minha mesa. Verifiquei o meu coldre. Ele estava ali. Maneiro. O melhor pau duro que um homem pode ter. O cara parecia um manobrista de garagem. Ou talvez dentista. Tinha um bigode feio e um sorriso falso. Ou talvez fosse um sorriso feio e um bigode falso. Ele se aproximou da minha mesa, parou, se encostou.

– Olha aqui, garotão – eu disse –, me desculpe, mas não tenho nenhum trocado.

– Não vim falar com você para lhe pedir trocado – ele disse.

Ele me dava nos nervos. Tinha olhos de peixe morto.

– Que é que te dói então? – perguntei. – Botaram você pra fora do quarto do seu motel?

– Não – ele disse. – Eu moro com minha mãe.

– Quantos anos você tem?

– Quarenta e seis – ele disse.

– Isso é doentio.

– Não, *ela* é que doente. Incontinência. Fraldas de borracha. Tudo mais.

– Oh – eu disse –, lamento.

– Eu também.

Ficou ali parado.

– Bem – eu disse –, não sei o que posso fazer.

– Não pode fazer nada...

Terminei minha bebida.

– Eu só queria lhe perguntar – ele disse –, eu só queria lhe perguntar uma coisa.

– Tudo bem, tudo bem, então pergunte.

– Você não é Spike Jenkins?

– Quem?

– Spike Jenkins. Lutador de Detroit. Peso pesado. Vi você lutando com Tiger Forster. Uma das melhores lutas que já vi.

– Quem ganhou? – perguntei.

– Tiger Forster.

– Eu não sou Jenkins. Volte e se sente onde estava.

– Você não mentiria pra mim? Não é Spike Jenkins?

– Nunca fui.

– Bem, com todos os diabos.

Ele se voltou, retornou para seu cubículo e sentou-se de novo, direitinho como eu mandara.

Olhei meu relógio. Bem em cima de duas e meia. Onde estavam eles?

Fiz sinal ao garçom para outra bebida...

Às 14h35 Celine entrou. Ficou um momento parado, olhando em volta. Agitei o guardanapo num garfo. Ele se aproximou, sentou-se.

– Vou tomar um uísque escocês com soda – disse.

Bom *timing*. O garçom se aproximava com meu segundo drinque. Fiz-lhe o pedido.

Tomei minha bebida imediatamente. Me sentia esquisito. Como se nada tivesse importância, sabe como é. Dona Morte. Morte. Ou Celine. O jogo me cansara. Eu perdera a garra. A existência era não apenas absurda, era simplesmente trabalho pesado. Pense em quantas vezes a gente veste as roupas de baixo em toda a vida. Era surpreendente, era repugnante, era estúpido.

Aí o cara do cubículo estava de novo ali parado. Olhava para Celine.

– Ei, esse cara aí com você não é Spike Jenkins?

– Senhor – disse Celine –, se dá valor aos colhões assim como estão, faz o favor de se mandar rapidinho.

O cara se afastou.

– Tudo bem – disse Celine. – Por que estou aqui?

– Vou pôr você em contato com Dona Morte.

– Então a morte é uma dona, hein?

– Às vezes...

A bebida de Celine chegou. Ele tomou num gole.

– Essa Dona Morte – perguntou –, nós vamos desmascará-la.

– Já viu Spike Jenkins lutar?

– Não.

– Ele parecia comigo – eu disse.

– Não me parece grande coisa.

Então *ela* chegou. Dona Morte. Podre de elegante. Caminhou até nossa mesa, sentou-se numa cadeira.

– Uísque *sour* – disse.

Fiz sinal para o garçom. Pedi.

– Eu realmente não sei como apresentar vocês dois, porque não tenho certeza de quem são vocês – eu disse.

– Que tipo de detetive é você? – perguntou Celine.

– O melhor de L.A.

– É? E o que quer dizer L.A.?

– Los Asnos.

– Você andou bebendo?

– Recentemente – respondi.

O uísque *sour* de Dona Morte chegara. Ela tomou de um trago. Então olhou para Celine.

– Então se apresente você mesmo. Como se chama?

– Spike Jenkins.

– Spike Jenkins está morto.

– Como é que você sabe?

– Eu sei.

Fiz sinal para o garçom e pedi mais três bebidas.

Então a gente ficou ali sentado olhando uns para os outros.

– Ora – eu disse –, o que temos aqui é um impasse, um impasse definitivo. Enquanto isso, sou eu quem está pagando as bebidas. Assim, vamos fazer uma pequena aposta e quem perder paga a próxima rodada.

– Que tipo de aposta? – perguntou Celine.

– Oh, alguma coisa simples, como quantos números tem sua carteira de motorista. Quer dizer, os números que indicam a própria carteira.

– Parece estúpido – disse Celine.

– Seja esportivo – eu disse.

– Não seja medroso – disse Dona Morte.

– Bem, vai ser no palpite – disse Celine.

– Manda – disse eu.

– Dê o melhor de si, garotão – disse Dona Morte.

– Tudo bem – disse Celine. – Eu digo oito.

– Eu digo sete – disse Dona Morte.

– EU digo cinco – eu disse. – Agora vamos tirar nossas carteiras e dar uma olhada.

Puxamos as carteiras.

– Ah – disse Dona Morte – a minha tem sete!

– Diabos – eu disse. – A minha tem sete.

– A minha tem oito – disse Celine.

– Não pode ser – eu disse. – Deixa eu dar uma olhada.

Estendi a mão e peguei a carteira dele. Contei.

– A sua tem sete. Você contou também a letra que precede os números. Foi o que você fez. Olhe aqui...

Passei a carteira para Dona Morte. Havia sete números e também outra informação. LOUIS FERDINAND DESTOUCHES, nascido 1894.

Porra. Comecei a tremer todo. Não tremores muito grandes, mas de bom tamanho. Com muita força de vontade, consegui reduzi-los a um arrepio contínuo. Tudo demais. Era *ele*, sentado à mesa conosco no Musso's, numa tarde que beirava o século XXI.

Dona Morte estava extasiada, isso aí, extasiada. Parecia realmente bela, toda resplendente.

– Me dá a porra da minha carteira – disse Celine.

– Certo, garotão –, disse Dona Morte, sorrindo, enquanto a devolvia.

– Bem – eu disse a Celine –, parece que tanto você quanto eu perdemos. Assim, vamos jogar uma moeda para decidir quem paga, tudo bem?

– Certo – disse Celine.

Peguei minha moeda da sorte, joguei no ar e gritei para Celine:

– Fala!

– Coroa! – ele gritou.

A moeda caiu na mesa e ficou parada. Cara.

Peguei a moeda e recoloquei no meu bolso.

– De certo modo – disse a Celine –, tenho um pressentimento de que hoje não vai ser seu dia.

– Vai ser o meu – disse Dona Morte.

E com isso as bebidas chegaram.

– Bota na minha conta – disse Celine para o garçom.

Ficamos ali sentados com nossas bebidas.

– De alguma forma, me sinto ludibriado – disse Celine.

Emborcou seu drinque de uma vez.

– Me avisaram sobre vocês, vigaristas de L.A.

– Você ainda exerce a medicina? – perguntei.

– Vou dar o fora daqui – ele disse.

– Ora, vamos – disse Dona Morte –, tome mais um trago. A vida é curta.

– Não, com mil diabos, vou dar o fora daqui!

Jogou uma nota de vinte dólares na mesa, levantou-se, foi até a porta e desapareceu.

– Bem – disse eu para Dona Morte –, ele se foi...

– Não exatamente – ela disse.

Ouviu-se um barulho, o barulho de freios cantando. Um baque violento, de metal se chocando com carne. Saltei da mesa e corri para fora. No meio do Hollywood Boulevard estava o corpo imóvel de Celine. Uma mulher gorda de chapéu enorme que dirigia um antigo Oldsmobile saltou do carro e se pôs a berrar, a berrar. Celine estava muito quieto. Eu sabia que ele estava morto.

Girei e voltei para o Musso's. Dona Morte tinha ido embora. Sentei-me de novo à mesa. Minha bebida permanecia intocada. Cuidei disso. E fiquei ali sentado. Os bons morrem velhos, pensei. Depois apenas fiquei sentado mais algum tempo.

– Ei, Jenkins – ouvi uma voz –, todos os seus amigos foram embora. Pra onde foram seus amigos?

Era o chato. Continuava ali.

– O que vai beber? – perguntei.

– Rum com coca.

Chamei o garçom.

– Dois runs com coca – disse –, um pra mim – apontei – e um pra ele.

As bebidas chegaram. O chato ficou sentado à sua mesa e eu à minha.

Então ouvi a sirene. Quando a gente não ouve, a sirene é para a gente.

Tomei minha bebida, pedi a conta, paguei com o cartão, dei vinte por cento de gorjeta e fui-me embora.

28

No dia seguinte, no escritório, pus os pés em cima da mesa e acendi um bom charuto. Considerava-me um sucesso. Solucionara um caso. Perdera dois clientes mas resolvera um caso. A lousa não estava limpa, porém. Ainda havia o Pardal Vermelho. E o caso de Jack Bass com Cindy. E ainda havia Hal Grovers e a alienígena, Jeannie Nitro. Meus pensamentos saltavam entre

Cindy Bass e Jeannie Nitro. Era agradável pensar. De qualquer modo, melhor do que ficar sentado numa caçada esperando que levantassem voo.

Passei a pensar em soluções na vida. As pessoas que resolviam as coisas em geral tinham muita persistência e um pouco de sorte. Se a gente persistisse o bastante, a sorte em geral chegava. Mas a maioria das pessoas não podia esperar a sorte, por isso desistia. Não Belane. Ele não fazia cu doce. Alto bordo. Jogador. Meio preguiçoso, talvez. Mas jeitoso.

Abri a gaveta de cima da direita, peguei a vodca e tomei um gole. Um brinde à vitória. O vencedor escreve os livros de história, é cercado por belas virgens.

O telefone tocou. Peguei-o.

– Belane falando.

– Você ainda não se livrou de mim – disse a Dona. Era Dona Morte.

– Escuta, gostosa, não podemos fazer um trato?

– Nunca se fez, Belane.

– Vamos abrir o precedente, dar uma chance, Dona.

– Nada feito, Belane.

– Bem, tudo bem, mas que tal me dar uma data. Uma D.P.?

– Que é isso?

– Data de Passamento.

– Que bem isso traria?

– Dona, eu poderia me preparar.

– Todo ser humano deveria, de qualquer modo, Belane.

– Dona, a gente não se prepara, esquece, ignora, ou é muito estúpido pra pensar no assunto.

– Isso não me interessa, Belane.

– O que lhe interessa, Dona?

– Meu trabalho.

– Eu também, Dona, meu trabalho me interessa.

– Bom para você, gordinho. Esta chamada foi somente pra você ficar sabendo que não me esqueci de você.

– Ah, muito obrigado, Dona, a senhora realmente encheu de alegria o meu dia.

– A gente se vê, Belane.

Desligou.

Tem sempre alguém para estragar o dia da gente, senão a vida. Joguei fora o charuto, botei o chapéu, abri a porta, saí, tranquei, fui até o elevador e toquei o botão para baixo. Na rua, fiquei parado, olhando o pessoal caminhar. As tripas começaram a remexer e eu andei meia quadra até um bar, O Eclipse, entrei, me sentei ao balcão. Tinha casos para resolver e não sabia por onde começar. Pedi um uísque *sour* e uma cerveja pra rebater. Na verdade, me dava vontade de deitar em algum lugar e dormir umas duas semanas. O jogo estava me cansando. Num dado momento havia uma certa emoção. Não muita, mas alguma. Você não vai querer ouvir. Casado três vezes, divorciado três vezes. Nascido e pronto para morrer. Nada para fazer além de resolver casos que ninguém tocava. Não pelo preço que eu cobrava.

O cara no fim do balcão continuava a me encarar. Eu sentia o olhar dele. O lugar estava vazio, só eu, ele e o garçom. Terminei minha bebida, chamei o garçom e pedi outra. Tudo que ele tinha era muito pelo no rosto.

– A mesma coisa, hein? – perguntou ele.

– Sim – eu disse –, só que mais forte.

– Pelo mesmo preço? – ele perguntou.

– O que for possível – respondi.

– Que quer dizer isso?

– Você, garçom, não sabe?

– Não...

– Bem, pense nisso enquanto prepara minha bebida.

Ele se afastou.

O cara no final do balcão cruzou meu olhar, acenou e gritou:

– Como vai indo, Edie?

– Eu não sou Edie – respondi.

– Você se parece com Edie – ele disse.

– Estou cagando se pareço com Edie – respondi.

– Está procurando encrenca? – ele perguntou.

– Sim – eu disse –, e você vai me trazer?

O garçom trouxe meu drinque, tirou algum dinheiro que eu deixara no balcão, disse:

– Não acho você um cara legal.

– E quem disse que era pra achar? – perguntei.

– Não tenho de servir a você – ele disse.

– Se não quer o dinheiro, deixa comigo.

– Não quero tanto *assim.*

– Tanto quanto então, me diga...

– NÃO SIRVA MAIS ELE! – gritou o cara na ponta do balcão.

– Mais uma palavra sua e eu te meto o pé no rabo! Vão ter de aspirar bolhas vermelhas da tua cara com um tubo de borracha.

O cara apenas deu um débil sorriso. O garçom continuava parado ao lado.

– Olha aqui – eu disse –, só entrei aqui para um traguinho maneiro, pacífico, e vem todo mundo me encher o saco! A propósito, vocês viram o Pardal Vermelho?

– Pardal Vermelho? Que é isso?

– Vai saber quando vir. Diabos, esquece...

Terminei minha bebida e saí dali. Na rua estava melhor. Saí andando. A corda ia rebentar, e não era do meu lado. Comecei a contar cada tolo que passava por mim. Cheguei a cinquenta em dois minutos e meio, então entrei no próximo bar.

29

Entrei e me sentei ao balcão. O garçom apareceu.

– Ei, Edie – disse.

– Eu não sou Edie – eu disse.

– Edie sou eu – ele disse.

– Não vai querer me gozar, vai? – eu disse.

– Não, isso é com você – disse ele.

– Olha aqui, garçom, eu sou um homem pacífico. Mais ou menos normal. Não vivo cheirando sovaco nem uso calcinha de mulher. Mas a todo lugar que eu vou, tem sempre alguém querendo me gozar, não me dão descanso. Que é isso?

– Acho que de algum modo você atrai essas coisas.

– Bem, Edie, você para de achar e vê se me arruma uma vodca dupla com tônica, um toque de limão.

– Não temos limão.

– Tem, sim, estou vendo daqui.

– Aquele limão não é pra você.

– É? Então pra quem é? Elizabeth Taylor? Agora, se quer dormir na sua cama esta noite, me dá aquele limão. Na minha bebida. *Pronto.*

– É? E você vai fazer o quê? Você e mais o exército de quem?

– Mais uma palavra, garoto, e vai ter problema pra respirar.

Ele ficou ali me olhando, decidindo se topava ou não a parada. Piscou os olhos, recuou e começou a preparar minha bebida. Eu o observava cuidadosamente. Sem truques. Ele trouxe minha bebida.

– Eu estava brincando, senhor, não se pode fazer uma piada?

– Depende em cima de quem você faz.

Edie saiu de perto, ficou em pé atrás do balcão.

Levantei o copo, tomei tudo. Aí puxei uma nota. Peguei o limão, espremi na nota. Depois enrolei a nota em volta do limão e joguei em cima do balcão, na direção do garçom. O rolo parou na frente dele. Ele olhou para baixo. Me levantei devagar, exercitei um pouco o pescoço, me virei e fui-me embora. Decidi voltar ao escritório. Tinha trabalho a fazer. Tinha os olhos azuis e ninguém me amava, com exceção de mim mesmo. Fui andando e solfejando minha ária favorita de *Carmen*.

30

Abri a porta do escritório, empurrei-a, e ali estava ela: Jeannie Nitro, sentada em cima da minha mesa, pernas cruzadas, os sapatos balançando.

– Belane, seu bêbado desgraçado, como vai indo? – ela sorriu.

Estava ótima. Eu via o problema de Grovers. Que importância tinha se ela era uma alienígena do espaço? Com aquela estampa, a gente queria que fosse mais de uma. Mas Grovers era meu cliente. Eu tinha de liquidar aquela, chispá-la, tirá-la da cena. Eu não conseguia descansar. Estava sempre em atividade para alguém.

Contornei minha mesa, sentei-me em minha cadeira, joguei o chapéu no cabide, acendi um charuto e dei um suspiro. Jeannie ficou sentada na mesa, balançando as pernas.

– Respondendo sua pergunta, Jeannie, vou indo muito bem.

– Vim fazer um trato com você, Belane.

– Prefiro ouvir uma sonata de Scarlatti.

– Há quanto tempo você não tem uma mulher?

– Quem está ligando?

– Você devia.

– E se eu não ligar?

– E se você ligar?

– Está me oferecendo o seu corpo, Jeannie?

– Talvez.

– Que talvez é esse? Ou oferece ou não oferece.

– O corpo faz parte do trato.

– Como é?

Jeannie saltou da mesa e começou a desfilar no tapete. Era bacana andando no tapete.

– Belane – disse, andando –, eu sou o primeiro escalão de uma invasão espacial. Vamos conquistar a Terra.

– Por quê?

– Eu sou do planeta Zaros. Estamos superpovoados. Precisamos da Terra para nosso excedente de população.

– Bem, por que diabos não se mudam simplesmente? Têm a mesma aparência dos humanos. Ninguém nem ia saber.

Jeannie parou de andar e me encarou.

– Belane, nós não temos esta aparência. O que você está vendo é só uma miragem.

Ela se sentou novamente na minha mesa.

– Qual é sua verdadeira aparência? – perguntei.

– Assim – ela disse.

Um clarão roxo. Olhei para a minha mesa. Lá estava aquela coisa. Parecia uma cobra grande, coberta de pelos grossos, no centro o globo remelento de um só olho. A cabeça não tinha olhos, só uma boca. Era realmente uma coisa repugnante. Peguei o telefone, ergui bem alto e o desci com força. Errei. A coisa coleou para um lado. Saiu rastejando pelo tapete. Corri atrás dela para esmagá-la com os sapatos. Houve outro clarão roxo, e então ali estava Jeannie de novo.

– Seu tolo – ela disse. – Você tentou me matar. Não me irrite de novo ou eu te pego.

Os olhos faiscavam.

– Tudo bem, tudo bem, gostosa, eu só fiquei meio confuso. Desculpe.

– Tudo bem, esqueça. Bem, somos uma força avançada, mandada para examinar a Terra para a nossa população excedente. Mas achamos que seria interessante conquistar alguns de vocês, humanos, pra nossa causa. Alguém como você.

– Por que eu?

– É o tipo perfeito, crédulo, egoísta e sem nenhum caráter.

– E o Grovers? Por que ele? Por que os cadáveres? Onde é que ele se encaixa?

Jeannie sorriu.

– Ele não se encaixa. Nós descemos lá. De alguma forma eu me afeiçoei a ele, só um flerte médio, alguma coisa pra me ocupar...

– E eu? Sentiu tesão por mim, gostosa?

– Você é útil pra causa.

Ela se aproximou. Eu estava totalmente fascinado. Ela encostou o corpo no meu e me apertou. Nós nos abraçamos e juntamos as bocas. A língua dela enfiara-se em minha boca, quente e se mexendo como uma pequena serpente.

Eu a afastei.

– Não – disse –, desculpe, não posso!

Ela me olhou.

– Qual é, Belane? Está velho demais?

– Não é nada disso, gostosa...

– Então que é?

– Não quero ferir seus sentimentos...

– Diga aí, Belane...

– Bem, você pode se transformar novamente naquela coisa horrível com a corcunda no meio e aquele olhão...

– Ora, seu bosta gorducho, os zaronianos são lindos!

– Acho que você não ia compreender...

Contornei minha mesa, abri a gaveta, encontrei a garrafa de vodca, desatarraxei a tampa, tomei um trago.

– Como é que vocês desceram? – perguntei.

– Tubo espacial.

– Tubo espacial, hein? Quantos?

– Seis.

– Não sei se posso lhe ajudar, gostosa...

– Vai me ajudar, Belane.

– E se eu não ajudar?

– É um homem morto.

– Nossa, primeiro Dona Morte. Agora você. Tudo que as senhoras fazem é só me ameaçar de morte. Bem, talvez eu deva dizer alguma coisa.

Meti a mão na gaveta e peguei a pistola. Empunhei-a. Soltei a trava e apontei para ela.

– Vou estourar você de volta a Zaros, gostosa.

– Vai fundo, aperta o gatilho!

– Como?

– Eu disse: puxe o gatilho, Belane!

– Acha que eu não puxo?

Já sentia um pouco de suor nas têmporas.

– Acha que não puxo? – repeti.

Jeannie apenas sorriu para mim.

– Aperta a porra do gatilho, Belane!

Toda a minha cara era uma massa de suor.

– Por favor, volte para Zaros, querida!

– NÃO!

Apertei o gatilho. Houve um barulho imenso, e a arma deu um coice na minha mão. Enxuguei o suor dos olhos e olhei.

Jeannie, em pé, sorria para mim. Aproximei-me dela. Tinha alguma coisa na boca. Era a bala. Pegara a bala com os dentes. Caminhou até a minha mesa e parou. Então, cuspiu a bala no cinzeiro.

– Gostosa – eu disse –, a gente pode ganhar uma fortuna com esse truque! Vamos formar uma dupla! Ficamos ricos! Pense no assunto!

– Eu não pensaria nisso, Belane. Seria um abuso dos meus poderes.

Tomei mais um trago de vodca. Tinha um grande problema ali com a Jeannie.

– Agora – disse Jeannie – estou recrutando você pra nossa causa, a Causa de Zaros, quer você queira ou não. Ainda estamos revendo nosso plano de vir povoar a Terra. Você será contatado e avisado quando quisermos.

– Olha, Jeannie, não dá pra pegar outro pra essa coisa?

Ela sorriu.

– Belane, você foi escolhido!

O clarão roxo, e ela sumiu.

31

Peguei o Grovers no telefone. Ele estava.

– Como vão os negócios, Grovers?

– Firmes – ele disse –, aqui não tem recessão.

– Seu caso com Jeannie Nitro está encerrado. Ela não o incomodará mais. Vou mandar a conta final pelo correio.

– Conta final? Está querendo me enrolar?

– Grovers, eu livrei você dessa alienígena. Agora você paga a conta.

– Está certo, está certo... mas como conseguiu fazer isto?

– Segredo profissional.

– Certo, acho que devo agradecer.

– Não ache, basta ficar agradecido. E pague a conta, a menos que deseje usar um dos seus caixões de pinho. Ou, se preferir, nogueira.

– Bem, vamos ver... – ele começou.

Dei um suspiro e desliguei.

Pus os pés em cima da mesa. Estava progredindo. Agora só faltava botar no rabo de Cindy Bass e localizar o Pardal Vermelho. É claro que Jeannie Nitro agora era meu problema. Eu era o meu próprio cliente. Mas Celine e Grovers já pertenciam à história. De certo modo, eu estava me sentindo bastante profissional. Mas, antes que pudesse relaxar, Dona Morte pintou de novo em meus pensamentos. Ainda estava ali.

O telefone tocou. Atendi. Era Dona Morte.

– Ainda estou aqui, Belane.

– Por que não tira férias, gostosa?

– Não posso, gosto demais do meu trabalho.

– Escuta aqui, posso lhe fazer uma pergunta?

– Claro.

– Você só trabalha na Terra?

– Como assim?

– Bem, quer dizer, o seu trabalho inclui, hum, alienígenas?

– Claro. Alienígenas, vermes, cachorros, pulgas, leões, aranhas, o que você quiser.

– É bom saber.

– Que é bom saber?

– Que você trabalha com alienígenas.

– Você me enche, Belane.

– Isso me alegra, gostosa.

– Bem, tenho de voltar ao trabalho.

– Só uma pergunta.

– Talvez. Que é?

– Como se mata um alienígena?

– Não tem problema.

– Bala não serve. O que você usa?

– É um segredo do negócio, Belane.

– Pode me dizer, gostosa. Meus lábios ficarão selados para sempre.

– Gordinho – ela disse –, talvez eu pudesse fazer isso por você.

Repus o telefone no gancho e pus os pés em cima da mesa. Nossa, seis alienígenas andando por aí e me recrutando para a Causa. Eu devia avisar as autoridades. Claro, isso iria adiantar muito. Eu tinha de resolver sozinho. Parecia muito difícil. Talvez eu devesse me sentar um momento. Abri a vodca e tomei um golinho. Afinal de contas, ainda havia o Pardal Vermelho e Cindy Bass. Peguei uma moeda e joguei-a: cara, Pardal Vermelho; coroa, Cindy Bass. Saiu coroa. Sorri, me espreguicei na cadeira e pensei nela. Cindy Bass. Esfolando ela.

32

Bem, para comemorar meu progresso como provavelmente um dos maiores detetives em L.A., fechei o escritório, tomei o elevador e saí para a rua. Tentei andar para o sul, consegui, cheguei até Sunset Boulevard e fui caminhando. O problema é que o Sunset, em meu bairro, não tem muitos bares. Continuei caminhando. Finalmente encontrei um, última categoria. Não tinha vontade de me sentar num tamborete. Sentei-me num reservado. A garçonete chegou. Usava minissaia, sapato alto, blusa transparente com ombreiras. A cara dura como aço. Quando sorriu, doeu. Nela e em mim. Ela continuou sorrindo. Era um sorriso tão falso que me arrepiou os pelos do braço. Desviei o olhar.

– Ei, amorzinho – ela disse –, que vai querer?

Não olhei para a cara dela. Olhei para a cintura. Estava à mostra. Tinha uma rosa de papel, vermelha, colada no umbigo. Falei com a rosa:

– Vodca com tônica e limão.

– Certo, amorzinho!

Ela se afastou com passinhos curtos, tentando rolar a bunda de forma atraente. Não conseguiu.

Comecei logo a ficar deprimido.

Não fique, não fique, Belane, disse a mim mesmo.

Não funcionou. Todo mundo estava fodido. Não havia vencedores. Só vencedores aparentes. Todos nós corríamos atrás de nada. Dia após dia. Sobreviver parecia ser a única necessidade. Não parecia bastante. Não com Dona Morte esperando. Eu ficava puto quando pensava no assunto.

Não pensa nisso, Belane, disse a mim mesmo.

Não funcionou.

A garçonete chegou com minha bebida. Botei uma nota na mesa. Ela pegou.

– Obrigada, amorzinho!

– Espera aí – eu disse –, traz o troco.

– Não tem troco.

– Então considere incluída a gorjeta.

Ela arregalou os olhos. Sem expressão.

– Quem é você, uma porra de um vaqueiro?

– O que é um vaqueiro?

– Não sabe o que é uma porra de um vaqueiro?

– Não.

– É alguém que quer viajar de graça.

– Você mesma que inventou?

– Não, é o que as meninas dizem.

– Que meninas? As vaqueiras?

– Senhor, está com percevejo no rabo ou alguma coisa?

– Provavelmente "alguma coisa".

– MARY LOU! – escutei uma voz alta. – ESTE PORRA ESTÁ LHE INCOMODANDO?

Era o garçom do balcão, um pequenino de sobrancelhas grossas.

– Não se preocupe, Andy, posso cuidar desse porra.

– É, Mary Lou – disse eu –, você provavelmente cuida de muita porra.

– O QUE, SEU CHUPADOR DE PAU! – ela gritou.

Vi o sobrancelhudo saltar o balcão. Bom truque para um cara do seu tamanho. Tomei meu drinque e me levantei para enfrentá-lo. Me desviei do seu direto e mandei-lhe o joelho nas partes pudendas. Ele caiu, rolando no chão. Dei-lhe um pontapé na bunda e saí andando pelo Sunset Boulevard.

Minha sorte nos bares ia de mal a pior.

33

Então fui para casa e fiquei bebendo o dia todo, e a noite também.

Acordei de tarde, eliminei algum excremento, escovei os dentes, me barbeei, meditei. Não estava tão mal. Nada mal. Me vesti. Botei um ovo na panela, deixei ferver. Tomei um copo de suco de tomate com cerveja, meio a meio. Passei o ovo na água fria, descasquei, comi e me senti bem como nunca.

Peguei o telefone e liguei para o escritório de Jack Bass. Disse quem era. Ele não pareceu contente comigo.

– Jack – eu disse –, se lembra daquele francês de quem lhe falei?

– Sim? Que aconteceu com ele?

– Eliminei.

– Como?

– Está morto.

– Bom. Era ele?

– Bem, estava em contato com ela.

– Contato? Que porra é essa de contato?

– Não quero lhe chocar.

– Experimente, Belane.

– Escute, estou tentando botar no rabo de Cindy. Foi pra isto que você me contratou. Certo?

– Não sei por que contratei você. Acho que foi um erro.

– Jack, eu peguei o francês. Ele está morto.

– E onde a gente fica?

– Ele não pode mais comer ela.

– E comeu?

– Jack...

– E você? Toda essa merda de botar no rabo! Você é um pervertido?

– Olha, estou numa campana cerrada na Cindy. Quero ter provas concretas.

– Lá vem você de novo!

– Estamos perto, Jack. Não vai demorar. Confie em mim.

– Então tinha alguém além do francês?

– Acho que sim.

– Acha? Acha? Porra, estou pagando uma nota pra você. Depois de semanas, a única coisa que você me diz é que tem um francês morto e "eu acho"? Você está no mesmo lugar! Eu quero ação! Quero provas! Quero tudo esclarecido completamente.

– Dentro de sete dias, Jack.

– Lhe dou seis.

– Seis dias, Jack.

Durante algum tempo houve silêncio. Depois ele falou.

– Tudo bem. Estou indo pro aeroporto em uma hora. Negócios no Leste. Volto em seis dias.

– Tudo vai estar resolvido, garoto.

– Não me chame de garoto. Que porra é essa de garoto?

– É só uma maneira de falar.

– Vê se limpa essa confusão, senão eu lhe encontro nos infernos, seu porra!

– Está falando comigo, Jack?

Segurava um telefone mudo. Ele o bateu na minha cara. Veado. Bem... era hora de trabalhar...

34

Assim, ali estava eu, estacionado perto da casa de Bass, a meia quadra de distância. Era tarde, não, era de noite, oito horas. A Mercedes vermelha de Cindy na entrada da garagem. Eu tinha um palpite de que ia descobrir alguma coisa. Ia acontecer alguma coisa. Sentia o cheiro no ar. Joguei fora o charuto. Peguei o telefone do carro e toquei para saber o resultado do nono páreo. Perdera de novo. A vida estava chata. Me senti oprimido, gasto. Os pés doíam.

Na certa Cindy estava lá dentro, vendo alguma coisa estúpida na televisão, as coxas sensacionais cruzadas, rindo de alguma piada sem graça. Então fiquei pensando em Jeannie Nitro e seus cinco companheiros do espaço. Queriam me recrutar. Eu não estava à venda. Tinha de acabar com aquela gangue. Talvez, se pudesse encontrar o Pardal Vermelho, o Pardal Vermelho me cantasse a resposta. Estaria eu doido? Aquilo tudo acontecia mesmo?

Peguei o telefone e disquei para John Barton. Ele respondeu.

– Escuta, John, aqui é Belane. Estou tendo dificuldade pra cercar o Pardal Vermelho. Talvez você deva procurar outra pessoa.

– Não, Belane, confio em você, você consegue.

– Acha mesmo isso?

– Não tenho a menor dúvida.

– Bem, então eu fico no caso.

– Certo.

– Eu lhe aviso se conseguir alguma coisa.

– Faça isto. Boa noite.

Desligou. Gente fina.

Ia tornar a ligar o carro. Quase dei um salto. Cindy Bass saía da casa. Caminhou até o carro. Entrou.

Gostosa, gostosa, me mostra o caminho.

Ela ligou o motor, acendeu as luzes, saiu de marcha à ré. Manobrou e seguiu para o norte. Fui atrás, a meia quadra de distância. Então ela entrou na avenida principal, a Pacific Coast Highway, para ser exato. Seguiu para o sul. Eu acompanhava a três carros de distância. Ela passou um cruzamento e o sinal fechou para mim. Tive de furar. Tirei um fino, mas não bati. Ouvi buzinas e alguém me chamando de babaca. Essa gente não tem originalidade.

E aí estava de novo a três carros de distância do carro dela. Ela seguia pela pista da direita. Diminuiu a velocidade e pegou uma saída. Saída para um motel. Honeydunes Motel. Chique. Ela entrou e estacionou no número nove. Eu fui até o sete, estacionei, apaguei as luzes e esperei.

Ela saltou, subiu o acesso, chegou até a porta e bateu. A porta se abriu e apareceu um cara.

Ah, Cindy!

O cara ficou na luz e pude observá-lo. Boa pinta. Quer dizer, não para mim. Mas, para ela, devia ser. Jovem. Cara lisa, sobrancelhas finas, muito cabelo. De fato, até parecia que usava um rabo de cavalo. Sabe como é. Em trancinha. Um garotão idiota. Eles se abraçaram na entrada. Beijo normal. Ouvi a risada de Cindy. Aí ela entrou e a porta se fechou.

Peguei minha camcorder e fui até o escritório. Entrei. Não tinha ninguém. Havia uma pequena escrivaninha. Uma campainha. Toquei. Nada. Toquei de novo, com força, seis vezes.

Apareceu alguém. Um velho cagão. Pés descalços, camisolão enorme e touca de dormir.

– Ah-ha – disse eu –, prontinho para um ronco, hein?

– Talvez sim, talvez não, qual é a sua?

– Sem ofensa, senhor. Queria um quarto. Tem vaga?

– Você é cafetão?

– Oh, não, senhor!

– Vende drogas?

– Não, senhor.

– Antes fosse. Estou precisando de uma coquinha.

– Sou vendedor de bíblias, senhor.

– Que coisa mais nojenta!

– Só estou tentando divulgar a palavra de Deus.

– Bem, não venha me empurrar essa porcaria.

– Como quiser.

– Puta que pariu!

– Bem, senhor, eu quero um quarto.

– Temos dois livres. O oito e o três.

– Você disse oito?

– Eu disse oito e três. Você é surdo?

– Fico com o oito.

– Trinta e cinco mangos. Em dinheiro.

Tirei o dinheiro. Ele agarrou a nota e jogou uma chave.

– Não ganho um recibo?

– Quê?

– Um recibo.

– Soletre.

– Não sei.

– Então não ganha.

Peguei a chave, saí dali, andei até o número oito, abri a porta. Lugar agradável. Para quem não tem onde morar.

Peguei um copo na cozinha. Encostei na parede do número nove. Sorte. Podia ouvi-los.

– Billy – disse Cindy Bass –, vamos devagar. Primeiro eu gostaria de conversar um pouco.

– A gente conversa depois – disse Billy. – Estou com o cacete precisando bater em alguma coisa. Preciso de carne, não de palavras.

– Mas preciso tomar um banho antes, Billy.

– Banho? Que você andou fazendo, trabalhando no jardim?

– Ah, Billy, você é tão engraçado.

– Tudo bem, vá tomar seu banho. Eu jogo um pouco de água gelada nesta cobra.

– Ah, Billy, hahaha!

Sorri pela primeira vez em semanas.

Ia esfolá-la.

35

Deixei o copo encostado na parede e continuei a escuta. Ouvi a água correndo no chuveiro. Coitado do Bass, tinha razão. Mas todo mundo está certo e errado, e de pernas pro ar. E que importância tinha quem fodia com quem? No fim era tão sem graça. Foder, foder, foder. Bem, as pessoas se prendem. Uma vez que corta o cordão umbilical, a gente se prende a outras coisas. Vistas, som, sexo, miragem, mães, masturbação, assassinato e ressaca de segunda-feira.

Pousei o copo, procurei no meu paletó, encontrei a meia garrafa de gim, dei uma bicada. Isso sempre tirava os grilos da minha cabeça.

Comecei a pensar em outro trabalho. Ali estava eu, prestes a cometer uma invasão e filmar uma cena de foda, e francamente não tinha nenhum gosto para isso. Era só um trabalho, o aluguel, a bebida, só esperando o último dia ou noite. Contando tempo. Que merda. Eu daria um grande filósofo, diria a todo mundo como somos tolos, zanzando por aí a sugar ar para dentro e para fora dos pulmões.

Porra, estava ficando triste. Dei mais uma bicada no gim, encostei de novo o copo na parede. Ela devia estar saindo do chuveiro.

– Nossa mãe – disse Billy –, você é um avião.

– Ah, Billy, acha mesmo?

– Puxa, olha só o tamanho desses peitos! Você devia cair pra frente, mas acho que a bundona equilibra o corpo.

– Eu não tenho a bunda grande, Billy.

– Gostosa, isso não é mais uma bunda! Essa coisa aí é um caminhão carregado de geleia, marmelada e creme!

– Mas, Billy, e minha pessoa? E minha personalidade?

– Gostosa, não está vendo esta coisa pingando e balançando na minha frente? Vou enfiar em você.

– Billy, acho que mudei de ideia...

– Gostosa, não tem nada de mudar. Venha aqui em cima de mim e monte nesta torre de força!

Tirei o copo da parede, verifiquei a camcorder, saí para o corredor e me aproximei do número nove. A porta foi fácil. Abri com o cartão Visa.

Ouvi as molas pedindo misericórdia no quarto. Liguei a camcorder e entrei. Peguei tudo. Billy fodia como dez coelhos juntos. De algum modo, ele me viu. Rolou da cama e saltou para o chão. Boquiaberto. Estava bastante surpreso, e depois muito puto.

Olhava para mim.

– Merda, o que é isso? Que PORRA é essa?

Cindy se sentara na cama.

– É um detetive, Billy. É maluco. Entrou no quarto quando eu estava trepando com Jack e se pôs a filmar a gente. É um cara totalmente louco, Billy.

Eu olhava para ela.

– Cala a boca, Cindy! É isso aí! Finalmente botei no teu rabo!

Billy avançou para mim.

– Ei, meu chapa, pensa que eu vou deixar você sair daqui vivo?

– Ah, diabos, sim, Billy garotão, não vou ter problema para sair, nenhum problema.

– Quem disse?

– Meu amigo aqui.

Puxei o 32 do coldre.

– Essa porra não vai me deter.

– Experimente, babaca.

Ele continuou avançando lentamente para mim.

– Já matei três caras, garotão. Quatro não faz diferença.

– Mentiroso, mentiroso – ele sorriu e continuou andando –, está se cagando de medo!

Deu mais um passo. Eu atirei.

Ele apenas ficou ali. Então mexeu no umbigo e tirou a bala. Não tinha sangue, nem um arranhão.

– Bala não significa nada pra mim – ele disse – nem você.

Arrancou a arma da minha mão e jogou-a no canto do quarto.

– Agora é só eu e você – disse.

– Olha aqui, amigo, vamos conversar. Pode ficar com a camcorder. Eu vou me aposentar desta atividade. Você nunca mais me verá.

– Eu sei disso, porque vou lhe matar.

– É isso aí – disse Cindy, falando da cama –, mate a porra desse verme.

Olhei para ela.

– Não se meta nisto, Cindy, o assunto é entre mim e o cavalheiro.

Olhei para Billy.

– Certo, Billy?

– Certo – ele respondeu.

Então ele me pegou e me jogou para o lado. Bati na parede e caí no chão.

– Billy – eu disse –, não vamos deixar que um rabão que já deu pra metade desta cidade venha a ser a causa de desentendimentos entre nós.

Ele sorriu e avançou para mim.

36

Aí eu tive um lampejo. Aquele cara era um alienígena. Por isso nem sentira a bala.

Eu me levantei e me encostei na parede.

– Eu te manjo, Billy! – gritei.

Ele parou.

– É mesmo, me diga.

– Você é um alienígena!

Cindy sorriu.

– Eu falei que o cara era pirado!

Olhei para Cindy.

– Esse cara não é nada, é uma coisa parecida com uma serpente, cheio de pelos e um olhão enorme. Está se escondendo no que parece um corpo humano, mas é só uma miragem.

Billy ficou parado, olhando para mim.

– Onde você encontrou esse cara, Cindy?

– Num bar. Mas não acredito nessa porra dessa sua história. Ele não é nenhum alienígena.

– Pergunte a ele.

Cindy sorriu de novo.

– Tudo bem. Billy, você é um alienígena?

– Hein? – respondeu ele.

– Está vendo, está vendo? – disse eu a Cindy.

Billy olhou para ela.

– Vai acreditar nesse doido?

– Claro que não, Billy. Agora vai em frente e acaba com a raça dele.

– Tudo bem, gostosa...

Billy começou a avançar para mim. Então houve aquele clarão roxo no quarto e Jeannie Nitro apareceu.

– Jeannie – disse Billy. – Eu...

– Calado, seu porra! – disse Jeannie.

– Que diabos está acontecendo aqui? – perguntou Cindy, começando a se vestir. Billy ainda estava nu, com os colhões pendurados.

– Seu porra – disse Jeannie –, eu lhe disse que não haveria confraternização com os humanos.

– Gostosa, eu não me aguentei, fiquei com tesão. Estava num bar e essa aí entrou e me deu bola e se abriu...

– Suas ordens eram Nada de Sexo com os Terráqueos!

– Jeannie, você sabe que só você existe pra mim. É só que você andava tão ocupada e tudo mais...

– Você pediu, Billy! – ela apontou a mão direita para ele.

– Não, Jeannie, não!

Fez-se o clarão roxo e Billy se transformou instantaneamente naquela coisa peluda de olhão remelento e começou a rastejar no chão. De novo Jeannie apontou a mão para ele, outro relâmpago seguido de um trovão, e Billy desapareceu.

– Não posso acreditar no que aconteceu – disse Cindy.

– É – eu disse –, eu sei.

Então Jeannie olhou para mim.

– Não se esqueça, Belane, você foi escolhido para a Causa, a Causa de Zaros.

– É – eu disse –, não posso esquecer.

Então houve um terceiro relâmpago e Jeannie sumiu.

– Não posso acreditar no que aconteceu aqui.

– Gostosa, Jack me contratou pra limpar tua área, e foi o que acabei de fazer.

– Tenho de sair daqui! – ela disse.

– Isso mesmo. E não se esqueça do que eu tenho nesta camcorder aqui. Você fica na linha ou eu entrego ao Jack.

– Tudo bem – ela disse –, você venceu.

– Eu sou o maior detetive de L.A. Você agora está sabendo.

– Olha aqui, Belane, tem uma coisa que eu posso lhe dar por esta camcorder.

– Hein?

– Você sabe do que estou falando.

– Não, Cindy, você não pode me comprar. Mas valeu a tentativa.

– Bem, foda-se, gorducho! – ela disse. Virou-se e saiu pela porta afora. Eu olhei aquelas ancas incríveis balançando.

– Cindy! – disse. – Só um minuto!

Ela se virou, sorrindo.

– Sim?

– Esquece. Vai em frente...

Então ela desapareceu pela porta.

Fui até o banheiro e me aliviei, e não foi um movimento intestinal. Mas era um verdadeiro profissional. Mais um caso solucionado.

37

No dia seguinte, no escritório, telefonei para Jack Bass.

– Ainda quer se divorciar de Cindy?

– Não sei. Conseguiu alguma coisa sobre ela?

– Vamos colocar deste jeito. Os dois cavalheiros com quem ela teve contato estão mortos.

– Contato. Que porra está querendo dizer com "contato"?

– Jack, esses caras já estão mortos. Tinha um francês e um alienígena.

– Alienígena? Que porra você está me empurrando?

– Porra nenhuma, Jack. Fomos invadidos por alguns alienígenas de Zaros. Ela encontrou um deles num bar. Um cara bem apanhado.

– Está morto?

– Sim, ele e o francês, como eu disse.

– Você mata gente?

– Jack, esses caras já eram. Cindy não vai mais andar fora da linha. Pode relaxar.

– Como você sabe que ela não vai mais sair da linha?

– Não se preocupe. Tenho um ás na manga. Ela não vai mais escorregar.

– Tem alguma coisa na camcorder que não quer que eu veja, não é?

– Talvez, sim. Talvez, não. Vamos dizer que eu posso botar no rabo dela se ela fizer alguma coisa.

– Mas eu quero que ela fique comigo por minha causa, não por causa de alguma chantagem.

– Chantagem, não chantagem, Jack, ela não vai mais dar pulinhos por aí. Acabei com os contatos dela e ela vai segurar as calcinhas. Que mais você poderia pedir? Talvez ela até goste de você. Dê a ela uma chance de voltar. Ela é jovem, precisava de um flerte, que se dane.

– Com um alienígena?

– Lamba os beiços. Ninguém jamais vai saber quem ele era. É quase como se não tivesse acontecido nada.

– Mas aconteceu. Você disse que ele era bem apanhado. Até onde esse bem apanhado?

– Difícil de dizer. Ele estava em pleno serviço...

– Você viu?

– Eu interrompi.

– E o francês? Também era bem apanhado?

– Jack, os dois caras estão mortos. Esquece. Você receberá minha conta pelo correio daqui a alguns dias.

– Tem uma coisa nisso tudo que não fica bem para mim.

– Ela não vai dar mais pulinhos, Jack.

– E se der?

– Ela não vai dar porque sabe que eu posso botar no rabo dela.

– Lá vem você de novo. Não andou comendo ela, andou?

– Jack, Jack, Jack, por favor! Eu sou um profissional.

– E esses caras estão mortos? Como é que eu sei disso?

– Jack, você sabe como ela se comporta. Agora pare de se preocupar. Tem alguma outra coisa que você quer que eu resolva? Sou o melhor detetive em L.A.

– No momento, não tenho mais nada.

– Tudo bem, Jack, passe bem.

– Claro, claro...

Desliguei.

Abri a gaveta da escrivaninha e tirei a vodca, tomei um trago. Agora só me faltava encontrar o Pardal Vermelho. E parar de me meter demais com os alienígenas. Ou Dona Morte.

Tomei mais um trago de vodca. E tomei a liberdade de me sentir bem. Por enquanto.

38

No dia seguinte falei com John Barton pelo telefone. Ele tinha uma gráfica no norte.

– Aqui Belane, John...

– Bom ouvir você, Nick, como vai?

– Meio devagar, John. Preciso de mais informações sobre esse Pardal Vermelho.

– Bem, a gente quer fazer do Pardal Vermelho o logotipo da empresa. Tornar bem conhecido. Mas agora eu soube que existe outro Pardal Vermelho por aí, em algum lugar. Precisamos saber se existe mesmo.

– É só isso que você tem?

– Bem, talvez também... um palpite...

– Já viu esse Pardal Vermelho?

– Soube que foi visto.

– Soube? Soube onde?

– Fontes secretas. Não posso revelar muita coisa.

– E se eu encontrar esse pássaro? Que quer que eu faça? Boto numa gaiola?

– Não, basta me dar provas concretas de que ele existe. Só pra satisfazer minha curiosidade.

– E se eu nunca encontrar esse passarinho?

– Se ele estiver por aí, você encontra. Confio em você.

– Escuta aqui. Este é o caso mais doido em que já trabalhei.

– Eu sempre disse a todo mundo que você era um grande detetive. Você vai provar isso para mim. Vai achar o Pardal Vermelho.

– Certo, John. Vou trabalhar no caso. Mas não sou mais criança. Acordo cansado. Acho que saltei algumas etapas.

– Você está na sua melhor fase. Vai conseguir.

– Certo, John, vou tentar...

– Ótimo!

Botei o telefone no gancho. Bem, estava resolvido. Mas por onde ia começar?

Decidi tentar no bar mais próximo.

Eram três horas da tarde. Peguei um tamborete e me sentei. O garçom apareceu. Cara de solitário. Não tinha sobrancelha nenhuma. Cruzinhas verdes pintadas nas unhas. Um tipo maluco. Não havia como evitá-los. A maior parte do mundo estava doida. E a parte que não era doida era furiosa. E a parte que não era doida nem furiosa era apenas idiota. Eu não tinha chance. Só aguentar e esperar pelo fim. Era trabalho duro. O trabalho mais duro imaginável. Eu me forcei a olhar para o garçom.

– Uísque escocês com água – disse.

Ele ficou ali parado.

– Escocês com água – repeti.

– Oh – ele disse e saiu aos pulinhos.

Pelo rabo do olho eu a vi entrar. Por que se diz "rabo do olho"? Olho não tem rabo. De qualquer modo, eu a vi entrar. Uma velha amiga. Ela se sentou ao meu lado.

– Oi, babaca – disse. – Está pagando?

– Claro, gostosa.

Era Dona Morte.

– Ei, garoto – gritei para o garçom –, manda dois aí!

– Hum? – ele perguntou.

– Manda dois uísques com água, por favor.

– Hã, tudo bem – ele disse.

– Que você andou fazendo, gordinho? – perguntou a senhora.

– Resolvendo casos, como de costume.

– Quer dizer, devagar ou nunca.

– Não, gostosa, não, você sabe, eu sou o melhor detetive de L.A.

– O que não quer dizer muita coisa.

– Melhor do que bater punheta com a mão esquerda.

– Não me provoque, gordinho, senão eu apago você como uma lâmpada.

– Desculpe, gostosa, estou com os nervos em frangalhos. Talvez um gole me ajude.

E ali estava o garçom pondo as bebidas à nossa frente.

– Que houve com suas sobrancelhas? – perguntou a senhora ao garçom.

– O aquecedor explodiu hoje de manhã...
– Como vai dormir à noite?
– Enrolo uma toalha na cara.
– Não pode fazer isso agora? – perguntei.
– Por quê? – ele disse.
– Esquece...
Levantei meu copo. A senhora levantou o seu.
– Vida longa – disse Dona Morte.
– Sim, vida longa – disse eu.
Batemos os copos e bebemos.
Pedi mais...

Estávamos ali há uns trinta minutos quando alguém entrou. Outra mulher. Deu a volta e sentou-se a meu lado. Duas mulheres significam duas vezes mais encrenca que uma. Agora eu tinha encrenca dos dois lados. Imprensado num torno. Estava fodido.

A outra dona era Jeannie Nitro.

Consegui que o garçom preparasse outro uísque com água.

– Nicky – ela sussurrou –, preciso falar com você. Quem é essa puta aí sentada com você?

– Você jamais adivinharia – eu disse.

A bebida chegou e Jeannie emborcou-a.

– Bem – disse eu –, acho que chegou a hora das apresentações...

Virei-me para Dona Morte.

– Senhora, esta é Jeannie Nitro...

Então me virei para Jeannie.

– Jeannie, esta é Dona... Dona...

– Dona d'Cio – completou Dona Morte.

As duas se encararam.

Ora, pensei, está aí um encontro que poderia ser muito interessante.

Fiz sinal para o garçom, pedindo mais bebida...

39

Ali estava eu, basicamente, sentado entre o Espaço e a Morte. Em forma de Mulher. Que chances tinha? Enquanto isso, precisava localizar o Pardal Vermelho, que talvez nem existisse. Me sentia muito esquisito em relação a tudo. Nunca esperara ficar tão enrolado. Mal entendia por quê. O que podia fazer?

Maneira, veio a resposta.

Tudo bem.

Chegaram as bebidas.

– Bem, senhoras, a vossa!

Batemos os copos e tomamos um gole.

Por que eu não podia simplesmente ser um cara assistindo a um jogo de beisebol? Interessado no resultado. Por que não podia ser um cozinheiro fritando ovos, desligado? Por que não podia ser uma mosca no pulso de alguém, rastejando sublime e interessada? Por que não podia ser um galo num galinheiro, catando milho? Por que aquilo?

Jeannie me cutucou com o cotovelo e sussurrou:

– Belane, preciso falar com você...

Botei algumas notas no bar. Então olhei para Dona Morte.

– Espero que não fique puta, mas...

– Eu sei, gordinho, precisa falar a sós com a madame. Por que ia ficar puta? Não estou apaixonada por você.

– Mas parece estar sempre me rondando, Dona.

– Eu rondo todo mundo, Nick, apenas você sabe mais de mim.

– É, é.

– Bem, você me ajudou com Celine...

– É, Celine...

– Então vou deixar você sozinho com sua madame. Mas só por algum tempo. Você e eu temos um caso inacabado, de modo que ainda nos veremos.

– Dona d'Cio, eu não tenho a menor dúvida...

Ela acabou de beber, levantou-se. Virou-se e caminhou para a porta. Sua beleza era impressionante. Aí desapareceu.

O garçom voltou para pegar o dinheiro.

– Quem era ela? – perguntou. – Me deixou meio tonto.

– Alegre-se por ter ficado só tonto – eu disse.

– Por quê?

– Se eu lhe dissesse, você não ia acreditar – eu disse.

– Tente – ele disse.

– Não preciso. Agora dá um tempo, preciso falar com esta senhora.

– Tudo bem, mas me diga só uma coisa.

– Tudo bem.

– Como é que um cara feio como você consegue tanta mulher?

– É a manteiga que eu ponho no biscoito. Agora dá o fora.

– Não fica nervoso, cara – ele disse.

– Você pediu.

– Mas não precisa ser grosso.

– Se acha que eu fui grosso, fique bisbilhotando.

– Foda-se – ele disse.

– Essa foi brilhante. Agora, dá o fora enquanto pode.

Ele se afastou devagar para trás do balcão, parou um momento e ficou coçando o rabo.

Eu me virei para Jeannie.

– Desculpa, gostosa, mas parece que sempre caio nesse diálogo negativo com quase todos os garçons que encontro.

– Tudo bem, Belane.

Ela parecia triste.

– Belane, parece que tenho de ir embora.

– Tudo bem, tudo bem, mas vamos tomar uma saideira.

– Não, eu quero dizer que vamos ter de ir, o pessoal que está comigo e eu temos que sair... da Terra. Não sei por que, mas de certo modo me afeiçoei a você.

– Isso é compreensível – sorri –, mas por que sua gangue está deixando a Terra?

– Pensamos muito, é ruim demais. Não queremos colonizar a sua Terra.

– Que é tão ruim, Jeannie?

– A Terra. Poluição, violência, ar envenenado, água envenenada, comida envenenada, o ódio, a impotência, tudo. A única coisa bonita na terra são os animais, e já estão sendo dizimados, cedo estarão extintos, com exceção dos cavalos e ratos de estimação. É tão triste, não admira que você beba tanto.

– É, Jeannie. E não esqueça o arsenal atômico.

– É, parece que vocês cavaram um buraco bem fundo.

– Sim, a gente pode acabar em dois dias, ou durar ainda dois mil anos. Não sabemos qual das duas hipóteses, e por isso é difícil pra muita gente se interessar por alguma coisa.

– Vou sentir sua falta, Belane, *e* dos animais...

– Não culpo você por nos deixar, Jeannie...

Vi lágrimas nos olhos dela.

– Por favor, não chore, Jeannie, mande tudo para o inferno...

Ela pegou o copo, bebeu o resto, olhou para mim com uns olhos que eu nunca havia visto antes nem veria depois.

– Adeus, gordinho – ela sorriu.

E com isso desapareceu.

40

Assim, no dia seguinte eu estava em meu escritório. Uma tarefa ainda restava: encontrar o Pardal Vermelho. Não tinha ninguém batendo na porta com mais serviço. Ótimo. Era hora de recapitular, recapitular para mim mesmo. Afinal de contas, eu tinha feito tudo que me havia proposto na vida. Dera os passos certos. Não dormia na rua. Claro, havia um bocado de gente boa dormindo nas ruas. Não eram idiotas, apenas não se encaixavam na maquinaria necessária no momento. E essas necessidades viviam mudando. Era uma luta desigual, e se a gente dormia na própria cama já era uma preciosa vitória contra as forças. Eu tivera sorte, mas alguns dos passos que dera não os dera inteiramente sem pensar. Em geral, porém, era um mundo horrível, e eu muitas vezes me sentia triste pelos outros.

Bem, ao diabo com isso. Peguei a vodca e tomei um trago.

Frequentemente, os melhores momentos na vida são quando a gente não está fazendo nada, só meditando, ruminando. Quer dizer, a gente pensa que todo o mundo é sem sentido, aí vê que não pode ser tão sem sentido assim se a gente percebe que é sem sentido, e essa consciência da falta de sentido já é quase um pouco de sentido. Sabe como é? Um otimismo pessimista.

O Pardal Vermelho. Era como a procura do Santo Graal. Talvez a água estivesse muito funda para mim. E muito quente.

Tomei mais um trago de vodca.

Ouvi uma batida na porta. Tirei os pés da mesa.

– Entra.

A porta se abriu e apareceu um carinha fraco e meio esfarrapado. Desprendia um cheiro forte. Parecia querosene. Eu não tinha certeza. Olhos pequenos e puxados. Aproximou-se de lado. Parou na frente da minha mesa, curvou-se. Tinha um tique na cabeça.

– Belane – disse.

– Pode ser – respondi.

– Tenho tudo aqui pra você – ele disse.

– Bom – eu disse –, agora vá dando o fora daqui.

– Calma, Belane, eu tenho o serviço.

– É? Qual é o serviço?

– O Pardal Vermelho.

– Vá falando.

– A gente sabe o que você está procurando.

– A gente? Hein? Quem é "a gente"?

– Não posso dizer.

Eu me levantei, contornei a mesa, agarrei-o pela gola da camisa esfarrapada.

– E se eu fizer você dizer? E se eu fizer você vomitar tudo?

– Não posso. Não posso agora.

De algum modo, eu acreditava nele. Larguei-o. Quase caiu no chão. Contornei a mesa de novo e me sentei.

– Eu me chamo Amos – ele disse. – Amos Redsdale. Posso botar você na pista do Pardal. Vai querer?

– O que é?

– Um endereço. Ela sabe do Pardal.

– Quanto?

– Setenta e cinco dólares.

– Vai te foder, Amos.

– Tudo bem, tudo bem, não quer. Vou-me embora. Preciso pegar o primeiro páreo. Estou com um palpite na dupla.

– Cinquenta paus.

– Sessenta – disse Amos.

– Está bem, deixa ver o endereço.

Puxei três notas de vinte, e ele me deu um pedaço de papel. Abri e li. Dizia: "Deja Fountain, Rudson Drive, 3234, Apt. 9, W.L.A.".

– Olha aqui, Amos, você podia escrever qualquer merda no papel. Como é que eu sei que isso é verdade?

– Vai lá, Belane. É quente.

– Pro bem do seu rabo, Amos, é melhor que seja.

– Preciso pegar o primeiro páreo – ele disse. Virou-se, saiu pela porta e sumiu.

E ali estava eu sentado, com menos sessenta paus e um pedaço de papel na mão.

41

Esperei que anoitecesse, fui de carro, estacionei na frente. Bom bairro. Definição de bom bairro: um lugar onde a gente não tem condições econômicas de morar. Tomei um gole de vodca, escorreguei para fora do carro e fui até o prédio. Apertei a campainha com a placa: Deja Fountain. A voz saiu carinhosa, mas meio rascante.

– Sim?

– Pra Deja Fountain. Sobre o Pardal Vermelho. Mandado por Amos Redsdale. Meu nome é Nick Belane.

– Senhor, não sei de que diabos está falando.

– Merda.

– Como?

– Nada. Me enrolaram.

– Eu só estava lhe gozando, Nick. Pode entrar.

Ouvi uma cigarra alta. Tentei a porta da frente. Abriu. Caminhei pelo corredor luxuosamente atapetado e encontrei o apartamento nove. O que havia no nove? Me parecia alguma coisa perigosa. Eu só gosto de três, sete, oito e outras combinações.

Apertei o botão. Ouvi passos. Aí a porta se abriu.

Ela era espetacular. Vestido vermelho. Olhos verdes. Cabelos castanhos, longos. Jovem. Classuda. Bunduda. Um cheiro de menta. Os lábios sorriam.

– Sr. Belane, entre, por favor.

Eu a segui até o quarto. Aí senti um objeto duro nas costas.

– Parado, seu filho de uma égua! Menos os braços! Levante os braços. Bem alto! Até o teto, seu filho de uma égua!

– Você é negro?

– Como?

– Só os negros usam a expressão "filho de uma égua".

Ele me revistava. Encontrou meu berro, tirou.

– Tudo bem, pode se virar, sr. Belane.

Virei-me e olhei para ele. Cara grandalhão, mas branco.

– Mas você é branco – eu disse.

– Você também – ele disse.

– Bem, sou um filho de uma égua – eu disse.

– Problema seu. Pode pegar o berro quando sair.

Segui Deja até o outro aposento. Ela me indicou uma cadeira.

Era um aposento enorme. Frio. Senti o perigo.

Deja se instalou no sofá, tirou uma cigarrilha, abriu o celofane, lambeu um pouco, mordeu a ponta, acendeu e exalou um halo azul e erótico de fumaça. Me fixou seus olhos verdes.

– Soube que anda procurando o Pardal Vermelho.

– É, pra um cliente.

– Quem é ele?

– Confidencial.

– Tenho a impressão de que vamos ser bons amigos, sr. Belane, muito bons amigos.

– Tem, é?

– Você é um homem simpático, a seu modo, deve saber disso. Dá a impressão de ser bem vivido. É muito atraente. Os homens, em geral, não vivem nada, só se gastam.

– É mesmo?

– Pode me chamar de Deja.

– Deja.

– Hummm... Por que não chega mais perto e senta junto de mim?

Eu me levantei e sentei no sofá, perto dela. Ela sorriu.

– Aceita uma bebida?

– Claro. Tem uísque escocês e soda?

– Bernie – ela disse –, um uísque escocês com soda, por favor.

Passaram-se alguns instantes e apareceu o filho de uma égua que tomara minha arma. Ele pôs a bebida na minha frente, sobre a mesa de café.

– Obrigado, Bernie.

Ele se afastou, sumiu.

Tomei um gole do uísque. Nada mau. Nada mau.

– Sr. Belane – ela disse –, me mandaram dizer ao senhor pra esquecer o Pardal Vermelho.

– Eu nunca abandono um caso, a menos que os clientes desejem.

– Vai abandonar este, sr. Belane.

– Uh-uh.

– Minha cigarrilha lhe incomoda?

– Uh-uh.

– Quer uma tragada?

– Uh-uh.

Deja me passou a cigarrilha. Dei uma tragada grande, inalei, exalei, devolvi o charutinho. A sala ficou vazia por um momento, depois as paredes começaram a se mexer, o tapete ondulou, recaiu no lugar. Um clarão azul explodiu na minha frente. Aí a boca da dona estava na minha. Ela me beijou, depois se afastou. Deu uma risada.

– Há quanto tempo está sem mulher, Belane?

– Não me lembro...

Ela tornou a rir, e lá estava a boca na minha de novo. Fazia muito tempo. A língua se enfiou na minha boca como uma serpente. O corpo era uma serpente.

Então ouvi passos e uma voz:

– Para com isso!

Era Bernie. Estava em pé, com duas armas, uma em cada mão. Reconheci uma das armas, era a minha.

– Tudo bem, Bernie, tudo bem – eu disse.

Bernie respirava pesado, como se não houvesse oxigênio no ar. Encarava Deja. Olhos úmidos.

– DEJA – disse –, VOCÊ SABE QUE EU TE AMO! VOU MATAR ELE! VOU MATAR VOCÊ! VOU ME MATAR!

Minha posição era perfeita. Ergui a perna e atingi-o entre os nódulos. Ele gritou e caiu no chão, se segurando. Peguei as armas, coloquei uma no meu coldre, empunhei a outra com a mão direita. Agarrei-o com a esquerda e o pus na cadeira. Puxei a cabeça para trás até a boca abrir. Então pus o cano da arma dentro.

– Chupa aí um pouco, meu chapa, enquanto eu penso no que vou fazer.

Bernie emitiu um som de gargarejo.

– Não mate ele! – disse Deja. – Por favor, não mate ele.

– O que sabe do Pardal Vermelho, filho de uma égua? – perguntei a ele.

Não respondeu.

Empurrei a arma na boca. Então o ouvi peidar. Um peido sonoro. E fedorento. Tirei a arma e empurrei-o no chão.

– Isso foi nojento! *Nunca mais faça isso de novo*!

Voltei-me e olhei para Deja.

– Ele tem um quarto aqui?

– Sim.

Olhei para Bernie.

– Agora vá pro seu quarto e fique lá até eu mandar sair!

Bernie balançou a cabeça.

– Vai andando – eu disse.

Ele se levantou, saiu manquejando, dobrou o canto do corredor. Logo ouvi o ruído de uma porta se fechando.

Deja apagara a cigarrilha. Não ria mais.

– Tudo bem, gostosa – eu disse –, vamos voltar pra onde estávamos.

– Não quero.

– Como? Por quê? Estava com a língua na metade do meu esôfago.

– Tenho medo de você, é muito violento.

– Mas você mesma ouviu ele dizer que ia me matar, não ouviu?

– Na certa não tinha essa intenção.

– A gente não vai nos "na certa" quando se trata de amor e armas.

Deja suspirou.

– Estou preocupada com Bernie. No quarto sozinho.

– Lá não tem televisão? Palavras cruzadas? Revistas em quadrinhos?

– Por favor, sr. Belane, por favor, vá-se embora!

– Gostosa, quero ir fundo nessa história do Pardal Vermelho.

– Esta noite, não... esta noite, não.

– Então quando?

– Amanhã à noite. Mesma hora.

– Tudo bem.

Curvei-me, peguei minha bebida, tomei o resto. Deixei-a sentada no sofá, fitando o tapete. Fechei a porta, atravessei o salão, saí pela porta da rua e voltei ao meu carro. Liguei o motor. Esperei esquentar. Era uma noite quente e de lua. E eu ainda estava de pau duro.

42

Fui a um bar onde ainda não tinha arranjado briga – o Blinky's. Parecia legal à primeira vista: um bocado de reservados de couro, otários, penumbra, fumaça. Um cheiro de morte pairava no ar. Encontrei um reservado vago e me sentei. Chegou a garçonete em seu uniforme ridículo – macacão cor-de-rosa com algodão sob os peitos. Abriu um sorriso horroroso, mostrando um dente de ouro. Olhos vazios.

– Que vai ser, amorzinho?

– Duas garrafas de cerveja. Sem copo.

– Duas garrafas, amorzinho?

– É.

– Que marca?

– Uma chinesa qualquer.

– Chinesa?

– Duas garrafas de cerveja chinesa. Sem copo.

– Posso lhe perguntar uma coisa?

– Sim.

– Vai tomar as duas?

– Espero.

– Então por que não toma uma, depois pede outra? Assim fica gelada.

– Eu simplesmente quero assim. Deve haver um motivo, imagino.

– Se descobrir, amorzinho, me diz...

– Por que vou lhe dizer? Talvez queira guardar segredo.

– Senhor, sabe, não temos obrigação de lhe servir. Nós nos reservamos o direito de recusar a servir qualquer pessoa.

– Vai dizer que não vai me servir porque eu pedi duas cervejas chinesas e não estou lhe dizendo por quê?

– Eu não disse que não vamos lhe servir. Disse que nos reservamos o direito de não servir.

– Olhe, o motivo é segurança, um motivo subconsciente de segurança. Tive uma infância horrível. Duas garrafas de uma vez preenchem um vazio que precisa ser preenchido. Talvez. Não sei.

– Amorzinho, vou lhe dizer uma coisa. Você precisa de um psiquiatra.

– Tudo bem. Mas, até eu conseguir um, vou tomar duas garrafas de cerveja chinesa?

Apareceu um cara grandalhão de avental branco sujo.

– Qual é o problema aqui, Betty?

– Esse cara quer duas garrafas de cerveja chinesa. Sem copo.

– Betty, na certa ele está esperando um amigo.

– Ele não tem amigo, Blinky.

Blinky olhou para mim. Mais um gordão grande. Dois gordões grandes.

– Não tem amigo? – perguntou.

– Não – respondi.

– Então pra que quer duas garrafas de cerveja chinesa?

– Quero tomar.

– Por que não pede uma, termina, depois pede outra?

– Prefiro desse jeito.

– Nunca ouvi falar nisso – disse Blinky.

– Por que não posso? É contra a lei?

– Não, é só esquisito, só isso.

– Eu disse que ele precisa de um psiquiatra – disse Betty.

Os dois ficaram ali parados, me olhando. Peguei um charuto e acendi.

– Esse troço fede – disse Blinky.

– Também seus excrementos – eu disse.

– Como?

– Me traga – eu disse – três garrafas de cerveja chinesa. Sem copo.

– Esse cara é doido – disse Blinky.

Olhei para ele e ri.

Depois disse:

– Não fale mais comigo. Não faça nada pra me irritar, senão vou arrancar esses beiços da porra da sua cara, garotão.

Blinky gelou. Parecia que ia movimentar os intestinos.

Betty ficou parada.

Um minuto se passou. Então Betty disse:

– E agora, que é que eu faço, Blinky?

– Pegue as garrafas de cerveja chinesa. Sem copo.

Betty saiu para buscar o pedido.

– Você aí – eu disse a Blinky –, senta aí na minha frente. Quero que me veja tomando essas três cervejas chinesas.

– Claro – ele disse, enfiando-se no cubículo, na minha frente.

Suava. Os três queixos tremiam.

– Blinky – perguntei –, você por acaso não viu o Pardal Vermelho?

– Pardal Vermelho?

– É, o Pardal Vermelho.

– Nunca vi – disse Blinky.

Betty chegava com as cervejas chinesas.

Até que enfim.

43

Assim, na noite seguinte, eu estava diante do prédio. Tinha os sapatos engraxados e só bebera umas três ou quatro cervejas. Caía uma garoa misteriosa. "É Deus mijando", a gente dizia quando era criança. Eu me sentia cansado, no corpo e na mente. Queria largar o jogo. Queria me aposentar. Ir para algum lugar como Las Vegas. Passear pelas mesas de jogo, cara de sabichão. Ver os trouxas estourarem fortunas. Era a minha ideia de estar numa boa. Relaxar sob as luzes, enquanto a sepultura se escancarava para mim. Mas, que diabo, não tinha grana. E tinha de encontrar o Pardal Vermelho. Apertei a campainha do apartamento nove. Esperei. Toquei de novo. Nada. Ah, meu Deus. Ah, meu Deus, meu Deus. Não queria pensar nisto. Tinham dado no pé? Deja e o filho de uma égua. Devia ter-lhes dado a prensa na noite anterior. Eu os tinha deixado escapar?

Acendi meu charuto com uma mão, com a outra trabalhei na porta. Abriu e entrei no salão. Fui até o nove. Colei o ouvido na porta. Nem um rato. Ah, meu Deus. Porra. Forcei a porta e entrei. Fui direto ao quarto de dormir, abri o armário. Vazio. Nenhuma roupa. Nada além de cabides solitários. Que visão mais triste. Minha primeira ligação com o Pardal Vermelho agora se transformara em 32 cabides vazios. Eu tinha perdido. Como detetive, era um trouxa. Pensei ligeiramente em suicídio, deixei pra lá, meti a mão no casaco, tirei a garrafa, tomei um gole de vodca, cuspi o charuto.

Então me virei, saí para o corredor, desci até encontrar o que queria. A porta com a placa:

Gerente, M. TOHIL

Bati na porta.

– Sim? – veio a resposta. Parecia mais um grandalhão.

– Flores, sr. Tohil. Entrega de flores para o sr. Tohil!

– Como foi que você entrou?

– A porta da frente estava aberta, sr. Tohil.

– Impossível.

– Sr. Tohil, uma senhora estava saindo e eu entrei enquanto ela saía.

– Tem de tocar de fora e dizer quem é e o que deseja.

– Tudo bem, sr. Tohil. Eu vou lá fora e toco a campainha, digo que tenho uma entrega de flores pro senhor. Assim está bem?

– Não precisa, garoto. Aqui...

A porta se abriu. Pulei dentro, fechei com um chute, segurei-o pelo cinto. Eu tinha as mãos cheias. Ele *era* grandalhão. Precisava fazer a barba. Cheirava um pouco a enxofre. Mandava a balança para cima de 120.

– Que porra está fazendo? Cadê as flores? Tira as mãos da porra do meu cinto.

– Devagar, Tohil – soltei o cinto –, sou um detetive particular, totalmente registrado e licenciado. Estou querendo saber o paradeiro de Deja Fountain, apartamento nove.

– Vai te foder, garotão, e dá o fora daqui.

Recuei.

– Devagar, Tohil, eu só quero essa informação e depois me mando.

– A informação é particular, e você vai se mandar sem ela. Vou expulsar você daqui já.

– Eu sou faixa-preta, Tohil. É uma arma perigosa. Não me force a usá-la.

Ele riu e deu um passo em minha direção.

– Parado aí! – gritei.

Ele parou.

– Tohil, eu preciso localizar o Pardal Vermelho, e Deja Fountain é um elo para a solução. Tenho de saber pra onde ela foi com o amigo.

– Eles não deixaram o novo endereço – ele disse. – Agora dá o fora daqui antes que eu comece a peidar na sua cara!

Puxei o 32 e apontei para a barriga dele.

– ONDE ESTÁ DEJA FOUNTAIN? – gritei.

– Foda-se – ele disse, avançando para mim.

– Pare aí mesmo! – ordenei.

Ele continuou andando, era um tolo. Entrei em pânico, puxei o gatilho. A arma engasgou.

Ele já tinha as mãos no meu pescoço. Pareciam presuntos, com dedos enormes, duros, fortes. Eu não podia respirar. Grandes clarões rugiam em minha cabeça por trás dos olhos. Bati nas virilhas dele com o joelho. Nada aconteceu. Era um bicho. Tinha os órgãos sexuais em outro lugar, talvez no sovaco. Eu estava sem saída. Sentia a morte no ar. Mas minha vida passada fulgiu na minha frente. Só uma voz dizendo, dentro de minha cabeça: "Você precisa de um pneu novo na traseira direita...". Estúpido, estúpido. E eu estava acabado, terminado. Acabara para mim.

Então, subitamente, senti as mãos afrouxarem. Cambaleei para trás, sugando ar da estratosfera e de onde mais houvesse.

Olhei para Tohil. Ele parecia estar passando mal. Parecia estar muito mal. Me olhava mas não me via. Eu o vi agarrar o braço esquerdo. Mantinha o braço direito levantado e um ar de profunda dor lhe passou pelo rosto. Arrotou, olhou para cima e caiu.

Eu me aproximei, me curvei sobre ele, tomei o pulso.

Nada. Tinha ido embora. *Bye, bye.*

Fui me sentar numa cadeira. E ali, sentada no sofá na minha frente, estava ela. Dona Morte. Nunca estivera tão linda. Que pedaço. Nunca deixava a gente na mão. Melhor que ouro. Sorria.

– Como vai você, Belane?

– Não posso reclamar, Dona.

Ela estava completamente vestida de negro. Ficava muito bonita de negro. De vermelho também.

– Cuidado com o peso, Belane. Tem comido muita batata frita, purê de batata, sobremesas demais... Anda mamando cerveja demais...

– Ééé, bem... ééé...

Ela sorriu de novo. Dentes firmes e perfeitos. Podia mastigar uma chave inglesa de bombeiro.

– Bem – disse –, preciso ir andando. Mais trabalho pela frente.

– Alguém que eu conheço?

– Conhece um certo Harry Dobbs?

– Acho que não.

– Bem, se conhece, esqueça ele.

Aí desapareceu. Assim.

Me aproximei de Tohil, peguei sua carteira. Tinha uma nota de cinquenta, duas de vinte e cinco de um. Guardei num bolso da frente das calças. Fui até a porta, abri e fechei, saí no corredor. Ninguém por perto. Cheguei à porta da rua, saí. A garoa ainda caía. Senti o frescor dela no rosto. Inspirei, dei um suspiro, caminhei para o meu carro. Ainda estava ali. Andei por detrás dele e verifiquei o pneu traseiro direito. Claro que estava careca. Eu precisava de um pneu novo.

44

Portanto, lá estava eu deprimido de novo. Voltei para casa, entrei e abri uma garrafa de uísque escocês. Voltara ao meu velho amigo, uísque escocês com água. O uísque escocês é uma bebida de que a gente não gosta imediatamente. Mas, depois que se acostuma, ele opera uma mágica. Há nele um calor especial que o simples uísque não tem. De qualquer modo, eu estava deprimido e me sentei numa cadeira com a garrafa ao lado. Não liguei a televisão, descobri que quando a gente está mal essa filha da puta só faz a gente se sentir pior. Uma cara chata após a outra, parece não ter fim. Uma procissão interminável de idiotas, alguns famosos. Os cômicos não tinham graça, e os dramas eram de quarta classe. Não havia muita alternativa para mim, exceto o escocês.

A garoa se transformara em chuva pesada, e fiquei ali ouvindo-a bater no telhado.

Nunca deveria ter deixado aqueles putos escaparem. E sabia que jamais acharia de novo meu informante original. De volta à estaca zero. O Pardal Vermelho havia desaparecido de minhas estúpidas mãos. Ali estava eu, aos 55 anos, ainda tateando no escuro. Quanto tempo mais poderia ficar no jogo? Os ineptos merecem alguma coisa além de um pontapé na bunda? Meu pai me dizia: "Entre em qualquer coisa onde lhe deem o dinheiro primeiro e depois esperem receber de volta. Bancos ou companhias de seguro. Pegue a coisa real e dê um pedaço de papel no seu lugar. Use o dinheiro deles, vai continuar chegando mais. *Duas* coisas os impelem: avareza e medo. *Uma* coisa impele você: oportunidade". Parecia um bom conselho. Só que meu pai morreu falido.

Tomei mais um escocês.

Diabos, eu falhara até com mulheres. Três esposas. Nada realmente errado de cada vez. Tudo destruído por briguinhas à toa. Implicâncias por nada. Ficar puto por tudo e por nada. Dia a dia, ano a ano, ralando. Em vez de se ajudar um ao outro, a gente se cortava todos os dias, por uma coisa e outra. Uma aporrinhação infindável. Torna-se uma competição barata. E, uma vez que a gente entra, vira um hábito. Parece que não vai conseguir sair. A gente quase não quer sair. E de repente sai. Completamente.

Portanto, agora, ali estava eu. Sentado ouvindo a chuva. Se eu morresse agora, ninguém verteria uma lágrima em todo o mundo. Não que precisasse disso. Mas era estranho. Até onde um trouxa pode ficar solitário? Mas o mundo estava cheio de velhos rabugentos como eu. Sentados ouvindo a chuva e pensando para onde foi todo mundo. Aí é que a gente sabe que está velho, quando fica pensando para onde foi todo mundo.

Bem, não foram para lugar nenhum, não precisavam ir. Três quartos estavam mortos. Liguei a televisão. Passava um comercial. SOLITÁRIO? DEPRIMIDO? ALEGRE-SE. LIGUE PARA AS NOSSAS LINDAS GAROTAS. ELAS QUEREM FALAR COM VOCÊ. PAGUE COM O SEU CARTÃO DE CRÉDITO MASTER OU VISA. FALE COM KITTY, FRANCI OU BIANCA. TELEFONE 800-435-8745.

Apareciam as meninas. Kitty era a melhor. Tomei um gole de uísque e disquei o número.

– Sim? – era uma voz de homem. Parecia mau.

– Kitty, por favor.

– Você é maior de 21 anos?

– Maior – eu disse.

– Master ou Visa?

– Visa.

– Me dá teu número e data de validade. Também endereço, número de telefone, identidade e carteira de motorista.

– Ei, como vou saber que você não vai usar essa informação pra você mesmo? Quer dizer, me fodendo. Usando a informação pra seu próprio lucro?

– Ei, meu camarada, quer falar com Kitty?

– Acho que sim...

– A gente anuncia na televisão. Estamos neste negócio há dois anos.

– Está bem, deixa eu pegar os cartões na carteira.

– Camarada, se você não quer a gente, a gente não quer você.

– Sobre o que a Kitty vai falar comigo?

– Você vai gostar.

– Como sabe que eu vou gostar?

– Ei, camarada...

– Está bem, está bem, espere um momento...

Dei a ele a informação. Houve uma pausa longa, enquanto conferiam o meu crédito. Aí ouvi uma voz.

– Fala, gostoso, aqui é Kitty.

– Alô, Kitty, meu nome é Nick.

– Oooh, sua voz é tão *sexy*! Já estou ficando tesudona!

– Não, minha voz não é sexy.

– Oh, você é tão modesto.

– Não, Kitty, não sou modesto...

– Sabe de uma coisa? Eu me sinto tão *perto* de você! Parece que estou enroscada, sentada no seu colo, olhando nos seus olhos. Tenho olhos grandes e azuis. Você está bem perto, querendo me beijar.

– Isso é bobagem, Kitty. Estou aqui escutando a chuva cair e mamando meu uísque escocês.

– Ouça, Nick, precisa usar um pouco a imaginação. Vamos tentar e você vai ficar surpreso com o que pode conseguir. Não gosta da minha voz? Não acha ela um pouco... ah, *sexy*?

– É, um pouco, mas não bastante. Parece resfriada. Está resfriada?

– Nick, Nick, meu garoto. Eu sou *quente* demais pra ficar resfriada!

– Como?

– Eu disse que sou *quente* demais pra ficar resfriada!

– Bem, parece resfriada. Talvez fume demais.

– Eu só fumo *uma coisa,* Nick!

– O que, Kitty?

– Você não imagina?

– Não...

– Olhe pra você mesmo, Nick.

– Tudo bem.

– Que está vendo?

– Bebida. O telefone.

– Que mais, Nick?

– Meus sapatos...

– Nick, que *coisa grande* é essa se projetando de você enquanto fala comigo?

– Ah, isso? É minha *barriga*!

– Continue falando comigo, Nick. Continue ouvindo minha voz, pense em mim no seu colo, o vestido levantado, mostrando meus joelhos e minhas coxas. Eu tenho cabelos louros, compridos. Pense nisso tudo, Nick, pense em...

– Tudo bem...

– Tudo bem, que está vendo?

– A mesma coisa: telefone, meus sapatos, minha bebida, minha barriga...

– Nick, você é mau! Me dá vontade de ir aí e lhe dar uma surra. Ou talvez deixe *você* me dar uma surra!

– Quê?

– *Me bate, me bate,* Nick!

– Kitty...

– Sim?

– Me desculpa um momento? Preciso ir ao banheiro.

– Oh, Nick, sei o que vai fazer! Mas não precisa ir ao *banheiro* pra fazer isso, pode fazer no *telefone,* enquanto *fala* comigo!

– Não dá, Kitty. Preciso mijar.

– Nick – ela disse –, pode considerar nossa conversa terminada!

Desligou.

Fui ao banheiro e urinei. Enquanto urinava, ainda ouvia a chuva caindo. Bem, tinha sido uma conversa idiota, mas, pelo menos, tirara meus pensamentos do Pardal Vermelho e de outros assuntos. Dei descarga, lavei as mãos, olhei no espelho, pisquei para mim mesmo e voltei para tomar outro uísque.

45

Assim, lá estava eu de volta ao escritório no dia seguinte. Me sentia insatisfeito e, francamente, meio com medo de tudo. Não estava indo a lugar nenhum nem o resto do mundo. Estávamos todos rondando por aí, à espera da morte, e enquanto isso fazendo coisinhas para encher o tempo. Alguns nem faziam coisinhas. Eram vegetais. Eu era um deles. Não sei que tipo de vegetal. Me sentia um nabo. Acendi um charuto, traguei e fiquei fingindo que sabia que diabos acontecia.

O telefone tocou. Atendi.

– Sim?

– Sr. Belane, o senhor é um dos vencedores do nosso concurso. Seu prêmio pode ser uma viagem à Somália, cinco mil dólares ou um guarda-chuva. Temos um quarto com café da manhã grátis para o senhor. Só precisa participar de um dos nossos seminários, onde oferecemos imóveis de ilimitado valor...

– Ei, camarada – eu disse.

– Sim, senhor?

– Vai te foder!

Desliguei. Fiquei olhando o telefone. Porra mortal. Mas a gente podia precisar em caso de emergência. Nunca se sabe.

Eu precisava tirar férias. Precisava de cinco mulheres. Precisava tirar a cera dos ouvidos. Precisava trocar o óleo do carro. Tinha esquecido de apresentar a porra da declaração de rendimentos. Um dos meus óculos de leitura estava com o pino quebrado. O apartamento, cheio de formiga. Precisava limpar os dentes. Os sapatos estavam gastos no salto. Eu tinha insônia. O seguro do meu carro vencera. Eu me cortava toda vez que me barbeava. Há seis anos não dava uma boa risada. Tinha tendência a me preocupar quando não havia nada com que se preocupar. E quando havia alguma preocupação real eu tomava um porre.

O telefone tocou. Peguei novamente.

– Belane? – perguntou uma voz.

– Pode ser – respondi.

– Pode ser o caralho – continuou a voz. – Você é ou não é Belane?

– Tudo bem, me pegou. Eu sou Belane.

– Tudo certo, Belane, soubemos que está procurando o Pardal Vermelho.

– É, quem lhe disse?

– Nossa fonte é confidencial.

– Do mesmo modo que suas partes, mas você pode mostrar.

– Preferimos não fazê-lo.

– Tudo bem, qual é a jogada?

– Dez mil dólares e a gente bota o Pardal Vermelho em suas mãos.

– Eu não tenho os dez.

– Podemos pôr você em contato com alguém que pode fornecê-los.

– Mesmo?

– Mesmo, Belane. Só quinze por cento de juros. Ao mês.

– Mas eu não tenho avalista.

– Claro que tem.

– Como?

– Sua vida.

– Só isso? Vamos conversar.

– Claro, Belane, estaremos no seu escritório. Dez minutos.

– Como vou saber se é você?

– Nós lhe diremos.

Desliguei.

Dez minutos depois, batiam à porta. Uma batida firme. A porta tremeu toda. Verifiquei a pistola na gaveta. Estava lá, bela como uma pintura. De nu artístico.

– Está aberta, entre, pelo amor de Deus.

A porta se abriu. Um corpo enorme bloqueava a luz. Um macaco com um charuto e um terno rosa-claro. Estava acompanhado de dois macacos menores.

Indiquei uma cadeira. Ele se sentou, enchendo-a completamente. As pernas da cadeira se empenaram um pouco. Um macaco de cada lado.

– Eu sou Sanderson – ele disse. – Harry Sanderson. Esses... – balançou a cabeça para seus companheiros – são meus rapazes.

– Filhos? – perguntei.

– Rapazes, rapazes – ele disse.

– Sim – eu disse.

– Você precisa de nós – disse Sanderson.

– Você está ligado àquela garota e seu chimpanzé que sumiram do apartamento naquela noite?

– Eu não estou ligado a garota nenhuma – ele disse. – Só uso elas pra uma coisa.

– O quê? – perguntei.

– Pra limpar meu convés de popa.

Os macacos se regalaram de rir. Acharam a piada muito boa.

– Não acho graça.

– Não *nos* importamos – disse Sanderson – com o que você acha.

– Faz sentido – eu disse. – Agora vamos falar do Pardal Vermelho.

– Dez mil dólares – disse Sanderson.

– Como eu disse, não tenho.

– E como eu disse, podemos arranjar um capitalista pra emprestar a você, em termos suaves, quinze por cento por mês.

– Tudo bem, vamos ao capitalista.

– Nós emprestamos.

– Vocês?

– Sim, Belane. Nós damos a você, e aí você nos devolve. Então você paga quinze por cento ao mês, sobre os dez mil paus, até que o empréstimo seja completamente resgatado. Você só assina um pedaço de papel. Na verdade o dinheiro não troca de mãos. Ficamos com ele, pra poupar você de ter de devolver.

– E, por tudo isso, vocês...

– Pomos o Pardal Vermelho em suas mãos.

– Como é que eu vou saber disso?

– Saber o quê?

– Que vocês põem o Pardal Vermelho em minhas mãos.

– Tem de confiar em nós.

– É o que acho que você disse.

– Você não, Belane?

– Não o quê?

– Confia em nós.

– Claro, mas é melhor vocês confiarem em mim.

– Como?

– Ponha *primeiro* o Pardal Vermelho em minhas mãos.

– Quê? O que acha que somos, um bando de bonecos de madeira?

– Bem, sim...

– Não banque o espertinho, Belane. Tem de confiar em nós, se quiser ver o Pardal Vermelho. É sua única chance. Pense no assunto. Tem 24 horas.

– Está certo, me deixa pensar.

– Pense, Belane – o grande macaco de terno rosa-claro se levantou. – Pense bem. E nos avise. Tem 24 horas. Depois disso, o negócio está terminado... Pra sempre.

– Tudo bem – eu disse.

Ele se virou, e um dos seus macacos correu na frente para abrir a porta. O outro ficou ali olhando para mim. Então saíram todos. E eu fiquei sentado ali. Não tinha nenhuma ideia. A bola estava no meu campo. E o relógio correndo. Que diabo. Peguei a garrafa de vodca na minha mesa. Era hora do almoço.

46

Bem, o que se vai fazer? Eu me preocupei tanto que caí no sono na minha mesa. Quando acordei, já escurecera. Entrei no carro e rodei cinco milhas para o oeste. Só para rodar. Então estacionei e olhei em volta. Estava parado defronte a um bar. Hades, dizia o letreiro em neon. Saltei do carro e entrei. Havia cinco pessoas ali. Cinco milhas, cinco pessoas. Tudo dava cinco. Havia o garçom, uma mulher e três garotos moles e estúpidos. Pareciam ter passado graxa preta de sapato no cabelo. Fumavam charutões e olhavam com desdém para mim, para tudo. A mulher num canto do balcão, os garotos no outro, o garçom no meio. Consegui finalmente chamar a atenção do garçom, levantando duas vezes um cinzeiro e deixando cair. Ele piscou os olhos e aproximou-se de mim. A cabeça parecia a de um sapo. Mas ele não pulou, arrastou-se na minha direção, parou na minha frente.

– Uísque e água – eu disse.

– A água no uísque?

– Uísque *e* água – eu disse.

– Hã?

– Uísque e água, separados, por favor.

Os três garotos me olhavam. O do meio falou:

– Aí, coroa, quer penar?

Olhei para ele e sorri.

– A gente dá dor de graça – disse o do meio. Todos deram risadinhas e continuaram dando.

O garçom chegou com meu uísque e água.

– Acho que vou aí tomar sua bebida – falou de novo o mesmo do meio.

– Mexa na minha bebida que eu quebro você no meio como um pedaço de cagalhão seco.

– Oh, meu Deus, oh, meu Deus – ele disse.

– Oh, meu Deus – disse o segundo.

– Oh, meu Deus – disse o terceiro.

Tomei o uísque e deixei a água de lado.

– O coroa se acha muito durão – disse o do meio.

– Talvez a gente devesse ver se é durão mesmo – disse o outro.

– É – disse o último.

Deus, como eram chatos. Como quase todo mundo. Não tinha nada novo, não tinha mais nada novo. Morto, chato. Como no cinema.

– Me dá a mesma coisa – eu disse ao garçom.

– Foi uísque e água?

– Foi.

– Esse coroa aí não tá parecendo grande coisa para mim – disse o do meio.

– Não está, não – eu disse.

– Não está o quê?

– O coroa não está parecendo grande coisa.

– Então concorda com a gente.

– Corrijo vocês. E espero que seja a última correção que tenha de fazer esta noite.

O garçom chegou com minha bebida. Então saiu.

– Talvez a gente deva corrigir o seu rabo – disse o que tinha falado mais que os outros.

Eu o ignorei.

– Talvez a gente devesse enfiar sua cabeça no seu rabo – disse um dos outros.

Gente chata da porra. A Terra está cheia deles. Propagando mais gente chata. Um espetáculo de horror. A terra botando chatos pelo ladrão.

– Talvez a gente faça você chupar uma cenoura – disse um deles.

– Talvez ele prefira chupar três cenouras – disse um dos outros.

Eu não disse nada. Tomei meu uísque, a água, acenei para o fundo do bar.

– Ora, veja, ele quer ver a gente lá fora.

– Talvez queira as cenouras da gente!

– Vamos dar uma olhada!

Caminhei para o fundo do bar. Ouvi-os atrás de mim. Aí ouvi o ruído de um canivete se abrindo. Virei-me a tempo de chutá-lo da mão do cara. Então lhe dei uma cutilada atrás da orelha. Ele caiu e eu pisei nele. Os outros dois se viraram e começaram a correr. Atravessaram o bar correndo e saíram pela porta afora. Deixei que fossem embora. Me voltei para o outro garoto. Estava desmaiado. Peguei-o nas costas, levei para fora. Estendi-o num banco do ponto de ônibus. Depois, tirei os sapatos dele e joguei no ralo de esgoto. A mesma coisa com a carteira. Então voltei para o fundo do bar, peguei o canivete, guardei no bolso, me sentei ao balcão e pedi mais uma bebida.

Ouvi a mulher tossir. Ela acendia um cigarro.

– Senhor – disse –, gostei. Gosto de um homem de verdade.

Ignorei.

– Eu sou Trachea – ela disse.

Pegou sua bebida e veio se sentar ao meu lado. Usava perfume demais e uma semana de batom.

– A gente podia se conhecer – disse.

– Não vale a pena, seria apenas burrice.

– Por que diz isso?

– Experiência.

– Talvez tenha conhecido as mulheres erradas?

– Talvez eu goste assim.

– Eu poderia ser a certa.

– Claro.

– Me ofereça uma bebida.

A minha estava chegando.

– Uma bebida para Trachea – disse ao garçom.

– Gim com tônica, Bobby...

Bobby saiu.

– Não me disse o seu nome – ela murmurou.

– David.

– Oh, gosto disso. Uma vez conheci um David.

– Que houve com ele?

– Esqueci.

Trachea se encostou em mim. Tinha pelo menos uns quinze quilos acima do peso.

– Você é bonitão – ela disse.

– Por quê?

– Ah, não sei... – fez uma pausa. – Gosta de mim?

– Bem, não tanto.
– Devia. Eu sou boa.
– Em quê? Sabe estenografia?
– Não, mas faço coisas pequenas ficarem grandes.
– Como?
– Você sabe!
– Não, não sei.
– Imagine.
– Balões?
– Você é engraçado.
– Já me disseram.

Chegou a bebida dela. Tomou um gole.

Quanto mais eu olhava para ela, menos gostava.

– Porra – ela disse –, meu isqueiro!

Abriu a bolsa e começou a tirar coisas. Um saca-rolhas. Três tipos de batom. Chicletes. Um apito. E... o quê?

– Encontrei! – disse, mostrando o isqueiro. Bateu um cigarro, acendeu.

– Que negócio é esse aí?
– Onde?
– Aí. No balcão. Essa coisa vermelha.

Apontei.

– Oh – ela disse –, é meu pardal.
– Está vivo? Já esteve vivo? Algum dia?
– Não, seu bobo, é estufado com erva-de-passarinho. Comprei numa loja hoje. É pro meu gatinho. Ele adora.
– Ora, diabos, bota isso pra lá.
– David, você ficou todo excitado de repente. Fica excitado com passarinho?
– Só o Pardal Vermelho.
– Quer pra você?
– Não, deixa pra lá.

– Tenho mais pardais na minha casa. Você pode conhecer meu gato.

– Não, tudo bem, Trachea. Tenho de ir andando.

– Tudo bem, David. Mas você não sabe o que está perdendo.

Levantei-me, fui até a ponta do balcão, joguei algumas notas para o garçom e fui-me embora. O vagabundo não estava mais no banco. Entrei no carro, liguei e parti. Eram dez horas da noite. A lua estava cheia e minha vida não tinha sentido.

47

No dia seguinte, estava em meu escritório. A porta se abriu e lá estavam Harry Sanderson e seus dois macacos. Desta vez Harry Sanderson vestia um terno roxo-claro. Tinha um gosto para cores esquisito. Conheci uma mulher uma vez que tinha mania de usar cores esquisitas. A gente ia a um restaurante e todo mundo se virava para olhar para ela. O problema é que ela não tinha muito o que se ver. Mesmo de ressaca e com barba de três dias, eu parecia melhor do que ela. De qualquer modo, voltemos a Sanderson...

– Vagabundo – ele disse –, suas 24 horas acabaram. Ainda está batendo punheta ou já se decidiu?

– Ainda estou batendo punheta.

– Quer ou não quer o Pardal Vermelho?

– Quero. Mas vocês me lembram os caras que fizeram um serviço pra minha tia, em Illinois.

– Sua tia? Que porra tem a ver sua tia?

– Tinha goteiras no telhado.

– E daí?

– Ééé. Os tais caras chegaram e disseram que iam consertar o telhado, tinham um novo impermeabilizante. Fizeram ela assinar um pedaço de papel, assinar um cheque, e subiram no telhado.

– Onde, vagabundo?

– No telhado. Eles subiram no telhado e espalharam óleo queimado em todo o telhado. E se mandaram. Da próxima vez que choveu, desceu tudo, a chuva, o óleo. Arruinou toda a casa de minha tia.

– Está brincando, Belane? Você me comove com esta história. Agora, vamos conversar. Você quer o Pardal ou quer que a gente vá embora?

– Você vai me emprestar dez mil paus, hein? Que eu não vou nem ver, e vai me cobrar juros de quinze por cento ao mês? Não tem outras pechinchas pra mim? Quer dizer, pense um pouco: se você fosse eu, topava esse negócio?

– Belane – Sanderson sorriu –, uma das coisas no mundo pela qual sou grato é que *não* sou você.

Os dois macacos riram ao mesmo tempo.

– Você dorme com eles, Sanderson?

– Dormir? Que porra você está dizendo?

– Dormir. Fechar os olhos. Passar as mãos nas bochechas. Essas coisas.

– Belane, eu devia estourar você de um modo que você seria menos que um peido numa igreja vazia!

Os dois macacos se divertiram com esta.

Inspirei fundo, expirei. De algum modo, sentia que estava ficando meio maluco. Mas sempre me sentia assim.

– Então, Sanderson, você diz que pode colocar o Pardal nas minhas mãos?

– Sem sombra de dúvida.

– Bem, foda-se.

– Como?

– Eu disse: foda-se.

– O que você tem, Belane. Zangado?

– Ééé. Ééé. É isso aí.

– Um momento...

Sanderson se reuniu com seus macacos. Ouvi-os cochichando e discutindo. Então pararam.

Sanderson parecia solene.

– É sua última chance, vagabundo.

– Como? Que é isso?

– Decidimos que você pode ficar com o passarinho por cinco mil paus.

– Três mil paus.

– Quatro é a última palavra.

– Cadê a porra dos papéis?

– Está tudo aqui...

Ele abriu o casaco, jogou os papéis na mesa. Tentei ler. Estava tudo em palavreado legal. Eu assinava um empréstimo com Acme Executioners, quinze por cento de juros por mês. Isso eu compreendi. E mais alguma coisa.

– Essa coisa fala num empréstimo de dez mil paus.

– Oh, sr. Belane, a gente corrige – disse Sanderson. Pegou os papéis, riscou o dez e mudou para quatro, rubricou. Jogou os papéis na mesa.

– Agora, assine.

Peguei uma caneta. E assinei. Assinei aquela porra. Sanderson pegou os papéis e guardou de volta no bolso do paletó.

– Muito obrigado, sr. Belane. Tenha um bom dia.

Ele e os dois macacos se viraram para sair.

– Ei, onde está o Pardal Vermelho?

Sanderson parou, virou-se.

– Ah – disse.

– Ééé, ah – eu disse.

– Encontre com a gente amanhã no Grande Mercado Central, às duas da tarde.

– É um lugar muito grande. Onde?

– Procure o açougue. Fique perto das cabeças de porco. A gente se encontra.

– Cabeças de porco?

– Certo. A gente encontra você.

Então se viraram e saíram. Eu fiquei olhando as paredes. Tinha um vago pressentimento de que estava fodido.

48

Então, eram duas da tarde. Eu estava no Grande Mercado Central. Encontrara o tal açougue e estava parado junto às cabeças de porco. Os buracos na cabeça, no lugar dos olhos, me fitavam. Retribuí o olhar, traguei meu charuto. Tanta coisa para deixar um homem triste. Os pobres ferviam aquelas cabeças para fazer sopa.

Me perguntava se não fora enrolado. Aqueles três caras podiam não aparecer.

Um mendigo se aproximou. Vestido em farrapos. Quando chegou perto, eu disse:

– Ei, camarada, pode me dar um dólar pra uma cerveja? Estou com a língua superseca.

O miserável deu meia-volta e foi-se embora. Às vezes eu dava, às vezes não dava. Tudo dependia de como meus pés tocavam o chão de manhã. Talvez. Quem sabia?

Bem, não havia dinheiro bastante para ir levando. Nunca houvera. Eu não sabia o que fazer.

Então os vi. Sanderson e seus dois macacos. Aproximavam-se. Sanderson sorria e trazia alguma coisa coberta por um pano. Parecia uma gaiola. Seria uma gaiola?

E estava à minha frente. Sanderson olhou para as cabeças de porco.

– Belane, alegre-se por não ser uma cabeça de porco.

– Por quê?

– Por quê? Uma cabeça de porco não fode, não chupa bala, não vê televisão.

– Que tem aí debaixo do pano, Sanderson?

– Uma coisa pra você, gostoso, você vai gostar.

– Claro – disse um dos macacos.

– É – disse o outro.

– Esses caras já discordaram de você, Sanderson?

– Uh-uh, isso significaria morte.

– A gente quer viver – disse um deles.

– Até ficar velho – disse o outro.

– Como eu disse, Sanderson, que tem nessa gaiola?

– Oh, esta não é sua gaiola, está vazia.

– Vai me dar uma gaiola vazia?

– Esta é apenas uma isca, Belane.

– Pra que você quer uma isca?

– Pra brincar. Nós somos brincalhões.

– Grande. Agora, onde está a verdadeira gaiola?

– No banco dianteiro do seu carro.

– Meu carro? Como é que você...

– Oh, a gente é bom nisso, Belane.

– Mas por que disse que eu ia gostar?

– Como?

– Essa gaiola que você tem na mão. Você disse que eu ia gostar dela e seus dois capachos concordaram.

– Era brincadeira. Gostamos de brincar. Conversa fiada.

– Conversa fiada? Quando é que vai parar de brincar? Quando é que a conversa fica séria?

– No banco dianteiro do seu carro, Belane. Verifique. Agora vamos embora. Vejo você depois. Em trinta dias.

Foram embora. E eu fiquei com as cabeças de porco.

Bem, saí dali e andei até o estacionamento. Enquanto andava vi um bêbado encostado na parede, a cabeça caída. Parei e enfiei um dólar no bolso dele.

Então estava no estacionamento. Caminhei até o carro, entrei. Havia uma outra gaiola, coberta. Certifiquei-me de que todas as janelas estavam fechadas. Então respirei fundo e levantei o pano. Havia um pássaro na gaiola. Vermelho. Olhei de perto. Não era um pardal. Era um canário, pintado de vermelho. Hummm. Hummm. Oh. Oh.

Podiam ter pego um pardal e pintado de vermelho. Mas não, tinham de pegar a porra de um canário. E eu não podia soltá-lo. Ele morreria de fome lá fora. Eu tinha de ficar com ele. Estava entalado.

E engazopado.

Liguei o carro e saí dali. Avancei vários sinais e cheguei ao elevado. Enquanto dirigia, ouvi um trinado. A porta da gaiola se abrira e o passarinho saíra. Começou a voar e a se debater dentro do carro. Um canário vermelho. Um cara na outra faixa viu e começou a rir de mim. Eu lhe mostrei o dedo. Ele fechou a cara numa carranca. Baixou a janela, apontou uma arma para mim, atirou. Atirava mal. Não acertou. Mas eu senti a trajetória da bala passando rente ao nariz. O pássaro se debatia loucamente dentro do carro e acelerei. Havia um buraco de entrada de bala numa das janelas, e de saída na outra. Não olhei para trás. Meti o pé na tábua. Mantive-o ali até chegar à minha saída. Então olhei para trás. Nem sinal do cara. Aí senti o passarinho. Estava no topo da minha cabeça. Eu o sentia. Então ele se aliviou. Senti o cocô caindo.

Não foi um bom dia.

Não foi uma porra de dia muito bom para mim.

49

Eu estava no escritório. Acho que era uma quarta-feira.

Não havia novos casos. Ainda pensava na vigarice do Pardal Vermelho, meditando, planejando os próximos passos. A única coisa que podia fazer era sair da cidade antes que vencessem os 25 dias.

Nem pensar. Não iam me chutar de Hollywood. Eu *era* Hollywood, o que restava dela.

Ouvi uma batida muito discreta na porta.

– Sim – disse –, empurra e entra.

A porta se abriu e apareceu um carinha pequeno, todo vestido de negro, sapatos pretos, terno preto, até a camisa preta. Só a gravata era verde. Verde-musgo. Seu gorila apareceu atrás dele. Só que um gorila teria mais inteligência.

– Sou Johnny Temple – ele disse –, e este aqui é meu assistente, Luke.

– Luke, hein? Me diga, o que ele faz?

– O que eu mandar.

– Então por que não manda ele sair?

– Qual é, Belane, não gosta de Luke?

– Preciso gostar?

Luke deu um passo à frente. O rosto começou a se contorcer, ele parecia que ia chorar.

– Não gosta de mim, Belane? – perguntou Luke.

– Luke, não se meta nisto – disse Temple.

– É, fique fora disto – eu disse.

– Gosta de mim, Johnny?

– É claro, é claro! Agora, Luke, você fica diante da porta e não deixa ninguém entrar nem sair.

– Você também?

– Que quer dizer, Luke?

– Também não deixo você entrar e sair?

– Não, Luke, você me deixa entrar e sair. E mais ninguém. Até que eu diga.

– Tudo bem.

Luke saiu e ficou diante da porta.

Temple puxou uma cadeira, sentou-se.

– Estou aqui em nome da Acme Executioners. Vim lhe explicar as coisas. Nosso vendedor Harold Sanderson...

– Vendedor? Você chama aquele cara de vendedor?

– Um dos nossos melhores.

– Acho que é – admiti –, olhe ali.

Apontei a gaiola pendurada no canto. Dentro estava o canário vermelho.

– Ele me vendeu aquilo – eu disse.

– Harry pode vender a pele de um cadáver – disse Temple.

– Foi o que provavelmente fez – eu disse.

– Não é nada disso. Estamos aqui pra lhe explicar.

– Tudo bem, explique logo.

– Não tem graça nenhuma, Belane. Nós emprestamos a você quatro mil paus a juros de quinze por cento mensais. Isso vem a ser seiscentos dólares. Queremos ter certeza de que você saiba tudo antes que a gente apareça pra cobrar.

– E se eu não souber?

– Nós sempre cobramos, sr. Belane, de um modo ou de outro.

– Quebram as pernas do devedor, Temple?

– Nossos métodos variam.

– Suponhamos que esses métodos falhem. Você mataria um homem por quatro mil paus mais juros?

Temple puxou um maço de cigarros, bateu um para fora, acendeu com seu isqueiro. Depois aspirou lentamente, soprou.

– Você me enche, Belane.

Então disse:

– Luke...

– Sim, Johnny.

– Luke, quero que você vá até ali, tire aquele passarinho da gaiola e coma ele vivo.

– Sim, Johnny.

Luke começou a andar em direção à gaiola.

– POR DEUS, TEMPLE, MANDE ELE PARAR! MANDE ELE PARAR! MANDE ELE PARAR! – gritei.

– Luke – disse Temple. – Mudei de ideia, não quero que você coma o passarinho vivo.

– Então devo assar ele primeiro, Johnny?

– Não, não, deixa pra lá. Volte e fique esperando na porta.

– Sim, Johnny.

Temple olhou para mim.

– Está vendo, Belane, nós sempre cobramos, de um modo ou de outro. E, se um método não funciona, mudamos para outro. Temos de trabalhar. Somos conhecidos em toda a cidade. Não podemos permitir que nada nem ninguém manche nossa reputação. Quero que entenda bem isso.

– Acho que entendi, Temple.

– Joia. Seu primeiro vencimento é em 25 dias. Você recebeu todas as explicações.

Temple levantou-se, sorriu.

– Bom dia – disse.

Virou-se.

– Tudo certo, Luke, abra a porta, nós vamos embora.

Luke fez o que lhe mandavam. Temple se virou e me deu uma última olhada. Não sorria mais. E então se foram.

Fui até a gaiola e olhei meu canário vermelho. A tinta estava desbotando, algumas das penas amarelas começavam a aparecer. Era uma bela ave. Olhou para mim e olhou para trás. De repente, emitiu um pequeno trinado, "piu", e de alguma forma isso me fez sentir bem. Eu era fácil de agradar. O resto do mundo é que era o problema.

50

Decidi ir ao meu apartamento tomar uns tragos. Eu tinha de pensar. Estava num beco sem saída com a minha vida e com o Pardal Vermelho. Cheguei em casa, estacionei o carro, saltei. Estava ali há cinco anos. Era como se estivesse construindo um ninho, só que não chocava nada. Gente demais sabia onde eu morava. Fui até minha porta, abri. Empurrei e uma coisa atravancava. Um corpo. Uma dona estendida no chão. Não, com os diabos, era uma daquelas bonecas plásticas de inflar, uma daquelas coisas infláveis com que alguns caras fazem amor. Mas comigo, não, companheiro.

A boneca estava completamente inflada. Peguei-a e pus no sofá. Então notei um bilhete amarrado no pescoço: "Belane, larga o Pardal Vermelho, senão você vai ser menos do que esta foda morta de borracha".

Nota simpática. Então eu tivera um visitante. Alguém que não queria que eu ficasse no caso. Mas isso me dava esperança. O Pardal Vermelho devia existir mesmo, senão aquele pessoal não estaria agindo assim. Tudo que eu tinha que fazer era encontrar a pista. Tinha de haver alguma. Havia muitas coisas acontecendo. Eu podia estar mexendo em alguma coisa bem grande. Talvez internacional. Talvez alguma coisa do outro mundo. O Pardal Vermelho. Filho da puta, as coisas começavam a ficar interessantes. Preparei um belo drinque para mim, tomei um gole. Aí o telefone tocou. Peguei-o.

– Sim?

– Que está fazendo, Cagão?

Um frio me correu pela espinha, era uma das minhas ex-esposas. Penny. Da última vez que eu soubera dela, uns cinco anos atrás, depois do nosso divórcio, havia desaparecido, sem deixar traços, com um cara que trabalhava nas mesas de jogo em Las Vegas, um tal Sammy.

– Desculpe, é engano, madame.

– Eu conheço sua voz, Cagão. Como vai você?

Ela tinha esse apelido para mim. Totalmente infundado.

– Vou mal – eu disse.

– Está precisando de companhia?

– Uh-uh.

– Você nunca soube do que precisava, Cagão.

– Talvez não, mas sei do que não preciso.

– Vou subir.

– Uh-uh.

– Estou embaixo, telefonando do corredor.

– Onde está Sammy?

– Quem?

– Sammy.

– Ah, aquilo... escuta, estou subindo.

Penny desligou. Eu me sentia mal, como se alguém me tivesse esfregado merda por todo o corpo. Tomei meu drinque e preparei outro. Então bateram à porta. Abri. Penny apareceu. Tinha um sorriso repugnante.

– Contente de me ver?

– Entra – eu disse. Ela me seguiu até a sala.

– Prepara um drinque pra mim, Cagão.

– Sim...

– Ei, que é isso?

– Quê?

– Essa coisa de borracha. Essa mulher de borracha.

– É uma boneca inflável.

– Você usa isso?

– Ainda não.

– E o que está fazendo aqui?

– Não sei, aqui está sua bebida.

Penny empurrou a boneca para o chão e se sentou com sua bebida.

– Tenho sentido sua falta, Cagão.

– Falta do quê?

– Oh, de algumas coisinhas.

– Que coisas?

– Não me lembro agora.

Ela tomou um gole, olhou para mim, sorriu.

– Preciso de algum dinheiro, Cagão. Sammy deu no pé com tudo que eu tinha.

– Estou na pior, Penny. Um cara vai cortar meu saco se eu não pagar os juros de um empréstimo.

Me levantei, preparei mais duas bebidas, voltei.

– Só uma micharia, Cagão.

– Eu não tenho, pelo amor de Deus.

– Eu lhe dou uma chupadinha. Lembra-se de que eu era boa de chupar?

– Veja, tudo que tenho são vinte dólares. Toma...

– Obrigada...

Penny guardou a nota na bolsa. Ficamos ali sentados, bebendo devagar.

– Tivemos bons tempos juntos – disse ela.

– Há muito tempo – eu disse.

– Eu não sei – disse ela. – Comecei a ficar deprimida.

– Escuta, a gente se divorciou porque não conseguia transar.

– Sim – disse ela. – Você não está fodendo aquela coisa, está?

– Não, alguém deixou aqui.

– Quem?

– Não sei. Alguém que está tentando me gozar.

– Quer uma chupadinha?

– Não.

– Posso ficar bebendo um pouco por aqui?

– Quanto tempo?

– Algumas horas.

– Tudo bem.

– Obrigada, Cagão.

Quando ela saiu, estava muito bêbada. Dei-lhe mais vinte dólares para o táxi. Ela disse que não morava longe.

Depois que ela saiu, fiquei sentado no sofá. Então peguei a boneca e sentei-a no sofá comigo. Tomei uma vodca com tônica. Uma noite calma no inferno. Enquanto a terra ardia como um tronco podre e cheio de cupim.

51

A gente não faz ideia de como 25 dias passam rápido quando não se tem pressa.

Eu estava sentado no meu escritório quando empurraram a porta.

Era Johnny Temple. Trouxera dois novos macacos consigo.

– Acme Executioners – disse ele. – Viemos cobrar.

– Não tenho a grana, Johnny.

– Não tem os seiscentos paus?

– Não tenho nem sessenta paus.

Johnny deu um suspiro.

– Vamos ter de fazer de você um exemplo.

– Como assim? Você vai me arrebentar por uma merda de seiscentos paus?

– Arrebentar, não, Belane. Acabar com sua raça. Completamente.

– Eu não acredito.

– Não importa o que você acredita – disse um dos macacos.

– É, não importa – disse o outro macaco.

– Espera aí, Johnny. Está dizendo que vai me apagar por causa de seiscentos dólares num empréstimo de quatro mil? Um empréstimo que me empurraram pela goela e que eu nem cheguei a ver? E vocês nunca entregaram o Pardal Vermelho. E como é com os caras que devem *grana grossa* a vocês? Por que não acabam com a raça deles? Por que eu?

– Bem, Belane, o negócio é o seguinte. Nós acabamos com você, que deve uma ninharia. A notícia corre a cidade. E realmente mete *medo* nos caras que nos devem grandes empréstimos. Porque eles imaginam que, se fazemos isso a você por quase nada, então vão saber o inferno que vai acontecer com eles. Sacou?

– Sim – disse eu. – Saquei. Mas estamos falando da minha vida, sabe como é. É como se não tivesse importância, sabe.

– Não tem – disse Johnny. – Nós administramos uma empresa. O comércio não se interessa por nada além dos lucros.

– Não posso acreditar que isso esteja acontecendo – eu disse, abrindo a gaveta da mesa.

– Parado aí – disse um dos macacos, dando um passo à frente e encostando a pistola em meu ouvido. – Eu fico com esse pau de fogo.

Pegou o 32.

– Você anda depressa para um porra gordo – eu disse.

– É – ele sorriu.

– Tudo bem, Belane – disse Johnny Temple. – Vamos todos dar um passeiozinho.

– Mas em plena luz do dia!

– Melhor ainda pra ser visto com você. Vamos, levanta!

Eu me levantei, e os dois macacos me espremeram entre eles. Temple ia atrás de nós. Saímos do escritório e andamos até o elevador. Eu mesmo apertei o botão de chamada.

– Obrigado, vagabundo – disse Johnny.

O elevador chegou. As portas se abriram. Eles me empurraram para dentro. Descemos. Sentimentos vazios. Primeiro andar. Térreo. Saímos andando pela rua. Estava cheia. Gente andando por toda parte. Eu pensei: vou gritar "Ei, esses caras vão me matar!". Mas tinha medo de que, se gritasse, eles me matassem ali mesmo. Segui andando com eles. Era um dia lindo. Então chegamos ao carro deles. Os dois macacos se sentaram atrás, comigo no meio. Johnny Temple sentou-se diante do volante. Ligou a máquina e misturou-se no trânsito.

– Esta coisa toda é um pesadelo sem sentido – eu disse.

– Não é sonho, Belane – disse Johnny Temple.

– Aonde estão me levando?

– Parque Griffith, Belane, vamos fazer um piqueniquezinho. Um piqueniquezinho numa das trilhas ocultas. Desconhecidas. Discretas.

– Como é que vocês podem ser tão frios? – perguntei.

– É fácil – disse Johnny –, a gente nasceu assim.

– É – sorriu um dos macacos.

Continuávamos a rodar. Eu não podia acreditar no que acontecia. Talvez não acontecesse. Talvez no último momento eles me dissessem que tudo não passava de uma brincadeira. Só para me dar uma lição. Alguma coisa assim.

Então chegamos. Johnny estacionou o carro.

Um dos macacos me arrancou do carro. Aí os dois me pegaram pelos braços. Johnny caminhava atrás de nós. Aí chegamos a uma trilha de equitação abandonada, coberta de mato, com galhos de árvores bloqueando a luz do sol.

– Escutem aqui, caras – eu disse. – Já chega. Podem me dizer que esta coisa toda é uma brincadeira e a gente vai tomar um drinque em algum lugar.

– Não é brincadeira, Belane, vamos apagar você. Inteiramente – disse Johnny.

– Seiscentos dólares. Não posso acreditar. Não posso acreditar que o mundo funcione desse jeito.

– Mas é assim mesmo. Já lhe explicamos as nossas razões. Continue andando – disse Johnny.

Continuamos andando. Então Johnny disse:

– Aqui parece um bom lugar. Vire-se, Belane.

Eu me voltei. Vi a arma. Johnny atirou. Quatro tiros. Bem na minha barriga. Caí de cara, mas consegui me virar de costas para o chão.

– Obrigado mesmo, Temple – consegui dizer.

Eles foram embora.

Eu não sei. Devo ter desmaiado. Depois me reanimei. Sabia que não tinha muito tempo. Perdia sangue aos borbotões.

Aí me pareceu ouvir música, música como jamais ouvira. Então aconteceu. Alguma coisa tomava forma, aparecendo em minha frente. Era vermelho, e como a música, um vermelho que eu jamais vira:

O PARDAL VERMELHO.

Gigantesco, em seu resplendor, belo. Nunca vi um pardal tão grande, tão real, tão magnífico.

Ele ficou ao meu lado. E então – Dona Morte estava ali. De pé, junto do pardal. E nunca *ela* fora tão linda.

– Belane – disse –, você realmente se meteu numa má jogada.

– Não posso falar muito, Dona... me conta toda a história.

– Seu John Barton é um homem muito sensível. Percebeu que o Pardal Vermelho existia, era real, de algum modo, em algum lugar. E que você o encontraria. Agora você o encontrou. A maioria dos outros... Deja Fountain, Sanderson, Johnny Temple... todos eram vigaristas, tentando enganar você e chupar seu sangue. Como você e Musso são os últimos remanescentes da velha Hollywood, a verdadeira Hollywood, tiveram a ideia de que você tinha muito dinheiro.

Sorri.

– Dona, e aquela boneca inflável no meu quarto?

– Aquilo. Foi o carteiro. Ele ouviu dizer que você estava metido com o golpe do Pardal Vermelho e quis se vingar de você, mais uma vez, por causa da surra. Forçou a porta e deixou aquela coisa lá dentro.

– E agora, Dona?

– Vou deixar você com o Pardal Vermelho. Está em boas mãos. Adeus, Belane, foi divertido.

– Ééé...

E ali estava eu com aquele pássaro gigante resplandecente. Não era assim que devia acontecer. Não, não era assim que devia acontecer.

Então, diante de mim, o Pardal lentamente abriu o bico. Surgiu um enorme espaço vazio. E dentro do bico havia um enorme vórtice amarelo, mais dinâmico que o sol, inacreditável.

Não é assim que acontece, tornei a pensar.

O bico se abriu completamente, a cabeça do Pardal se aproximou e o fulgor intenso da luz amarela me invadiu e me envolveu.

Charles Bukowski
(1920-1994)

Charles Bukowski nasceu a 16 de agosto de 1920 em Andernach, Alemanha, filho de um soldado americano e de uma jovem alemã. Aos três anos de idade, foi levado aos Estados Unidos pelos pais. Criou-se em meio à pobreza de Los Angeles, cidade onde morou por cinquenta anos, escrevendo e embriagando-se. Publicou seu primeiro conto em 1944, aos 24 anos de idade, e somente aos 35 começou a publicar poesias. Foi internado diversas vezes com crises de hemorragia e outras disfunções geradas pelo abuso do álcool e do cigarro. Durante a sua vida, ganhou certa notoriedade com contos publicados pelos jornais alternativos *Open City* e *Nola Express*, mas precisou buscar outros meios de sustento: trabalhou catorze anos nos Correios. Casou, teve uma filha e se separou. É considerado o último escritor "maldito" da literatura norte-americana, uma espécie de autor beat honorário, embora nunca tenha se associado com outros representantes beats, como Jack Kerouac e Allen Ginsberg.

Sua literatura é de caráter extremamente autobiográfico, e nela abundam temas e personagens marginais, como prostitutas, sexo, alcoolismo, ressacas, corridas de cavalos, pessoas miseráveis e experiências escatológicas. De estilo extremamente livre e imediatista, na obra de Bukowski não transparecem demasiadas preocupações estruturais. Dotado de um senso de humor ferino, autoirônico e cáustico, ele foi comparado a Henry Miller, Louis-Ferdinand Céline e Ernest Hemingway.

Ao longo de sua vida, publicou mais de 45 livros de poesia e prosa. São seis os seus romances: *Cartas na rua* (1971), *Factótum* (1975), *Mulheres* (1978), *Misto-quente* (1982),

Hollywood (1989) e *Pulp* (1994), todos na Coleção **L&PM** POCKET. Em sua obra também se destacam os livros de contos e histórias: *Notas de um velho safado* (1969), *Erections, Ejaculations, Exhibitions, and General Tales of Ordinary Madness* (1972; publicado em dois volumes em 1983 sob os títulos de *Tales of Ordinary Madness* e *The Most Beautiful Woman in Town*, lançados pela L&PM Editores como *Fabulário geral do delírio cotidiano* e *Crônica de um amor louco*), *Ao sul de lugar nenhum* (1973; L&PM, 2008), *Bring Me Your Love* (1983), *Numa fria* (1983; L&PM, 2003), *There's No Business* (1984) e *Miscelânea Septuagenária* (1990, L&PM, 2014). Seus livros de poesias são mais de trinta, entre os quais *Flower, Fist and Bestial Wail* (1960), *O amor é um cão dos diabos* (1977; L&PM, 2007), *Você fica tão sozinho às vezes que até faz sentido* (1986; L&PM, 2018), sendo que a maioria permanece inédita no Brasil. Várias antologias, como *Textos autobiográficos* (1993; L&PM, 2009), além de livros de poemas, cartas e histórias reunindo sua obra foram publicados postumamente, tais quais *O capitão saiu para o almoço e os marinheiros tomaram conta do navio* (1998; L&PM, 2003) e *Pedaços de um caderno manchado de vinho* (2008; L&PM, 2010).

Bukowski morreu de pneumonia, decorrente de um tratamento de leucemia, na cidade de San Pedro, Califórnia, no dia 9 de março de 1994, aos 73 anos de idade, pouco depois de terminar *Pulp*.

IMPRESSÃO:

PALLOTTI
GRÁFICA

Santa Maria - RS | Fone: (55) 3220.4500
www.graficapallotti.com.br